사
막
여
우
의

꿈

사막여우의 꿈

1판 1쇄 발행　2024년 11월 20일

지은이　　이재정
발행인　　이선우
발행처　　도서출판 선우미디어
　　　　　등록 ｜ 1997. 8. 7 제305-2014-000020
　　　　　02643 서울시 동대문구 장한로 12길 40, 101동 203호
　　　　　☎ 2272-3351, 3352 팩스: 2272-5540
　　　　　sunwoome@daum.net greenessay20@naver.com
　　　　　Printed in Korea ⓒ 2024. 이재정

값 13,000원

※ 이 책은 충청북도, 충북문화재단의 후원을 받아 예술창작활동 지원사업의 일환으로 발간되었습니다.
※ 잘못된 책은 바꿔 드립니다.
※ 저자와 협의하여 인지 생략합니다.

ISBN 978-89-5658-780-6 03810

사막여우의 꿈

이재정 수필집

선우미디어 sunwoomedia

작가의 말

아산병원의 11층 37호에 보호자로 투숙 중이다. 다섯 번째 입원이다. 거친 들판의 야생마이던 그이가 홀연 쓰러졌다. 그이의 건강에 들어온 빨간색 신호등은 나도 따라 주저앉힌다. 텁텁한 모래바람이 불어와 삭막한 사막이 된다.

나는 창문 너머에 있는 소소한 시간을 그리워한다. 그이가 아프면서 나도 함께 아파하며 비로소 알아가는 것들이 있다. 시간의 주름에 가려 보지 못했던 삶을 들여다보게 된다. 아무 일도 일어나지 않고 지나간 평범한 하루가 얼마나 고마운 일인지. 잔잔하여 따분하다고 불평했던 시간이 너무도 소중함을. 작은 것에도 감사할 줄 아는 자잘한 행복들을 병실에서 하나씩 알아가고 있는 중이다.

여름날. 수국이 너무 예뻐서, 그 고운 꽃을 제대로 느낄 수 없는 내가 슬퍼서, 남들의 평화로운 하루가 부러워 울음이 차올랐다. 목이 점점 부어올랐다. 점점 더 심해지는 통증으로 뒤척인 시간이 여과 없이 그대로 글에 실어졌다. 이 하루도 내 인생의 한 부분임을 인정하기로 한다. 나의 일부로 기꺼이 받아들인다. 이런 순간순간이 모여 하루가 되고 그 하루는 인생이 되는 법이니까.

아직 온전히 슬퍼할 수 있는 용기가 없다. 그래서 울지 못한다. 울음이 목울대에 그득 걸려있다. 치부와도 같은 내 아픔을 고스란히 내보이는 이유는 울기 위해서다. 속 시원히 울고 싶어서다. 또, 나처럼 울지 못하는 사람들에게 울게 해주고 싶어서다.

이제 목울대에 걸려있는 울음을 토해내려 한다. 부끄럽지만 나의 치부인 상처를 한 권의 책으로 엮는 용기를 낸다. 애쓰는 나를 토닥이는 위로이기도 하다. 1집이 평범한 일상을 담았다면 2집은 아픔으로 더 단단해지는 내가 될 것이다. 부디 3집은 언제가 될지 모르지만 꽃을 보고도 감탄을 쏟아내는 소녀의 감성을 담뿍 담을 수 있기를 바래본다.

글을 쓰는데 끊임없는 응원을 보내주는 그이와 아들, 그리고 새 식구가 된 며느리에게 고맙다. 이렇게 글을 쓰기까지 오랜 가르침과 귀한 표사를 주신 반숙자 선생님께 깊은 감사와 책을 예쁘게 엮어준 이선우 사장님께도 머리 숙여 감사를 드린다.

8월 어느 뜨거운 여름날에.
이재정

차례

8. 꽃 피워봐

1

*

젊은 날의 초상

11월의 반추

 층층나무는 여름을 휘어잡는다. 층층이 캉캉치마를 두른 모양을 하고 있어서 붙은 이름이다. 보기에는 얌전해 보이지만 폭군이 되어 가지를 뻗어간다. 힘찬 기세로 옆의 다른 나무를 밀쳐내고 영역을 넓혀 나무들 사이에서 폭도라는 별명이 붙여져 있는 나무다. 무성한 잎은 햇빛이 들어올 틈을 주지 않아 촘촘한 그늘을 만들어낸다.
 그래서인지 그이는 농막에 사방을 둘러 층층나무를 심었다. 속성수인 데다가 그늘을 계산해서 선택한 수종일 듯싶다. 대나무의 빠른 생장을 알고 놀랐는데 심은 지 몇 해 만에 숲이 된 농막을 보고 또 이 나무의 생장 속도에 놀랐다. 별명이 무색하지가 않다. 온통 우거진 응달 덕에 여름에는 따로 피서지가 필요 없다. 그이는 휴가철에도 서늘맞이하러 떠날 생각을 않는다. 농막 예찬자가 되어 내내 여기에서 지내는 것이다.
 여름에 기운을 다 써버린 층층나무는 가을로 접어들자 소심해진다. 화끈한 단풍나무가 먼저 홧홧하게 타오르기 시작한다. 그에 질세라 은행나무가 노란 물감을 진하게 잎에다 풀어댄다. 그 광경을 잠잠히 지켜보고 있다. 묵시의 시간으로 깊어진 나무는 서둘러 연한 감물을 들인다. 물이 들기가 무섭게 상강은 잎의 잔인한 낙화를 권고했을 터였다. 생을 위한 결단을 강요받은 나무는 폭군의 성격이 그러하듯 결심도 빠르다.

다른 나무들은 아직 줄기에 잎이 제법 남아있는 모습이다. 그러나 성질이 급하여 입동에 이미 알몸이 되어있다. 층층나무의 치마폭이 벗겨져 나가고 앙상한 가지가 드러나 있다. 일찌감치 겨울을 받아들일 채비를 끝낸 것이다. 미련을 두지 않고 포기할 때 포기할 줄 아는 현명한 나무다.

그이는 나에게 여름날의 층층나무로 서 있었다. 다른 나무를 제치고 가지를 뻗어나가 햇빛을 독차지하는 나무. 숲의 걸주(桀紂)인 당찬 나무. 여름에는 그의 그늘 밑에서 시원해하고 겨울에는 바람에 휘청거리는 나를 쓰러지지 않도록 받혀주는 그런 나무였다. 언제까지나 그럴 줄로만 알았던 그이에게 건강에 이상징후가 나타났다. 갑자기 입동 소식을 전해 들은 나무들이 이러했을까. 순식간에 나는 얼어붙었다.

그 날의 아침은 악몽이었으면 했다. 그이가 전혀 다른 모습이었다. 얼굴이 일그러져있고 눈이 감겨져 있다. 의학에 문외한인 내가 보기에 구안와사였다. 추운 날씨에 하루 종일 밖에서 일을 한 것이 무리였나 보았다. 전날에도 마을에 있는 상하수도 저수조 청소를 했다.

올해 들어 유난히 피곤해함을 알면서도 무심코 넘겼다. 내 책을 내는 일에만 몰두하느라 그이를 바라볼 여유도 없었다. 거기에 잔소리까지 얹었다. 인건비를 아낄 욕심으로 작업속도를 내라고 모질게 다그쳤다. 그이에게 나는 폭도였다.

11월이 호되게 나의 뒷덜미를 움켜쥔다. 하나에 빠지면 오로지 거기에 빨려 들어가는 나. 누가 앓는 신음소리를 내도 고개를 돌릴 엄두를 내지 못한다. 주위에는 팔방미인들이 많건만 나는 늘 함량 미달이다. 곁을 살필 배려조차도 까마득히 잊어버리고 만다. 이기적인 나를 불러 세워 돌아보게 한 것이다.

순순히 섭리를 따르며 공존해가는 자연은 절대적 교리를 좇는 종교와도 같다. 자연의 계율인 순리다. 함께 어깨를 맞대고 살아가는 세상의 얽히고설킨 인연의 숲에서 자주 칩거에 들어가는 나에게 순리는 일침을 박는다. 덜미에 꽂힌 침이 깊다. 사시나무 떨듯 내 치부가 오한으로 떤다.

11월. 나무들이 색색의 허울을 벗는 달. 결실의 인고를 다 끝낸 담담한 얼굴이다. 묵상의 혹독한 시간을 견뎌야하는 동안거에 드는 11월에게 고해성사하리라. 오만한 폭도였음을 나지막이 고하리라. 유난히 춥고 긴 나의 겨울이 될 것이다.

(2018. 11.)

젊은 날의 초상

영하의 온도에 찬바람이 얹어져 한파를 몰고 왔다. 꼼짝없이 집에 묶여있어야 할 추위에 그녀가 우체국 앞을 지나가고 있다. 웅크린 몸으로 느린 게걸음을 하고 간다. 집에서부터 거리로는 30분은 걸렸을 시간이다. 한손으로는 지팡이를 짚고 절룩거리며 종종걸음이다. 볼 때마다 안쓰럽다.

그녀에게도 화려했던 날이 있었다. 처음 그녀를 보았을 때는 모양새가 귀부인이었다. 명품 가방에 유명메이커인 옷을 입고 몸에는 값나가는 액세서리로 치장을 하여 시골에서는 보기 드문 멋쟁이였다. 고급 차를 끌고 취미로 골프도 했다. 시골에 없는 시지역으로 수영장을 다니고 우아하게 사는 여인이어서 부러웠다. 남편이 잘나가는 회사의 기술장으로 남들보다 두 배나 더 많은 월급을 받는다고 했다. 넉넉한 살림으로 은행의 여러 군데에 예금을 해 놓았고 내가 다니는 우체국에도 고액의 예금을 한 고객이었다.

한순간에 노인의 모습으로 변한 데는 아들 때문이다. 철없는 아들을 한탄하며 속상한 마음을 내게도 털어놓은 적이 많다. 남편이 살아 계실 때는 아무런 변화가 없던 행복한 일상이었다. 어쩌면 이때까지만 해도 나이가 덜 차서였는지도 모른다. 아버지가 병으로 돌아가시자 아들의 회유가 끊임없이 이어졌다.

그의 나이 서른이 되면서 엄마에게 손을 벌리기 시작했다. 사업을 한다는 핑계로 발동을 걸자 점점 가속도가 붙어 액수가 커지는 모양이었다. 힘들어 죽을 것 같다는 자식을 어미의 마음이 외면하지 못했다. 점점 곳간이 텅텅 비어갔다. 통장의 잔고는 0이 되고 몇 채 되던 아파트가 넘어갔다. 어느 날의 손가락에 알반지가 달아나고 금목걸이가 사라져갔다. 거기에 살고 있는 집마저도 남의 것이 되었다.

한 인생이 동전의 앞뒷면을 뒤집듯 바뀐데 걸린 시간은 십년밖에 안 된다. 그 시간을 시달리는 동안 통통하여 보기 좋던 얼굴은 광대뼈가 튀어나오고 볼은 쏙 들어가 주름이 자글자글한 노인이 되었다. 상한 속이 머리에도 침입해 정신도 희미해졌고 몸도 어눌해졌다. 끝내 노숙자 신세가 된 그녀다. 불쌍한 마음에서인지 오랫동안 혼자 살던 동네홀아비가 데리고 가 산다. 다행스러운 일이다. 이를 보고 사람들은 자식농사를 잘 지어야 노후가 편안한 것이라고 입을 모은다.

아직 노인이 되기엔 이른 나이다. 육십 대 중반이라고는 믿기지 않을 초췌해진 모습에서 해골꽃을 떠올린다. 애처로운 그녀가 세월을 거슬러 금어초로 피어난다. 이 꽃은 입을 뻐끔거리며 헤엄치는 금붕어를 닮았다고 하여 붙여진 이름이다. 긴 꽃대에 여러 개의 꽃이 조롱조롱 매달린다. 밑에서 위로 차례로 피어올라가 어느 꽃보다도 화사하다. 여러 가지 색깔을 가지고 있어 저마다의 매력을 발산한다. 여린 꽃잎은 청초하여 신부의 부케로 어울리고 화려한 꽃꽂이에도 빠지지 않는 사랑스러운 꽃이다.

화단에서 아름다움을 힘껏 뽐내고 할 일을 다 끝낸 뒤에 져버리는 과정이 초라하다. 그냥 말라가는 것도 아니고 해골모양이 된다. 씨방이 터지면서 퀭한 두 눈이 생기고 벌어진 입이 만들어진다. 시들기 전의 그 아름다움이 있었다고는 지켜본 사람만이 믿을 것 같다.

환하게 피어날 때는 소리치도록 예쁜 꽃이다. 씨앗들을 아프게 품으면서 아름답던 자태는 온데간데없다. 하물며 괴이한 몰골을 한 해골꽃으로 남겨진다. 한철 흐드러지게 피어 으스대던 금어초가 스러지고 있다. 그녀의 젊은 날의 초상과 함께.

(2019. 1.)

나무의 시간

봄이 요술봉을 휘두른다. 그러자 기다렸다는 듯이 잠에서 깬 초록이 푸른 실타래를 휘휘 풀어헤친다. 어느새 온 산 가득한 신록이 부셔 나는 눈을 반쯤 감고 바라다보고 있다. 이제 녹음이 짙어갈 일만 남았으려니 한숨 돌리고 있는 숲에서 난데없이 세찬바람이 일었다.

일기예보에도 없던 노대바람이다. 무방비로 몰아친 강풍은 나를 털썩 주저앉힌다. 나를 지탱해 온 자존감의 한 쪽 가지가 우지직 소리를 내며 부러져 나간다. 순간 머릿속은 온통 암흑이 되어 마음의 마디마디가 아파온다. 통증으로 신음소리도 내지 못한 채 눈물만 흐른다. 가늘던 줄기가 점점 굵어져 소낙비가 된다.

무슨 이유로 지금까지 지키고 살려고 애쓴 나의 자존감을 난도질하는지 모르겠다. 왜, 누가, 무엇 때문인지 실낱같은 의문도 풀리지 않는다. 전혀 말도 안 되는 터무니없는 일로 나를 나락으로 밀어넣고 있다. 이건 분명 음해다. 남에게 해를 끼친 적이 없는데 이렇게 모욕을 주는 이가 누구일까. 억울하다고 항변해 보아도 소리 없는 아우성일 뿐, 몸체도 없고 꼬리도 보이지 않는 소문의 실체를 찾을 길이 없다.

바람은 나를 엉망으로 흐트러뜨린다. 옷들은 뜯겨져나가고 머리는 헝클어진 채로 바닥에 쓰러져 꼼짝을 할 수가 없다. 얼마의 시간이 흘렀을까. 아무것도 보이지 않던 마음의 안침에 각인되어 있던 나무 한 그루가 양각으로 도드라져온다. 몇 해 전에 보았던 층층나무다.

농막을 둘러싼 나무는 여름이면 그늘을 누리게 하는 은혜로운 나무다. 그이는 가지가 늘어져 거치적거린다는 이유로 봄에 전정을 했다. 물을 흠씬 쏟아내더니 얼마가 지나자 빨갛게 변하여 마치 피를 흘리는 모양을 하고 있었다. 피는 점차 응고되듯이 굳어져 갔다. 여러 날을 그렇게 앓고 있는 듯 보였다. 생소한 모습에 얼마나 놀랐는지 모른다. 섬뜩하기도 하고 안쓰럽기도 하여 아직도 생생히 남아 있다.

나무는 사람처럼 새살이 돋아나 상처가 아무는 것이 아니라고 한다. 스스로 캘러스라는 세포조직을 만들어 본능적으로 자신의 상처 위를 덧씌운다는 것이다. 마치 사람의 피가 응고되고 딱지가 앉기까지 오래 걸리듯이 나무는 수개월에 걸쳐 다친 부위를 완전히 덮는다. 그러면서 아물게 된다. 사람은 상처를 치유한다는 말을 쓰지만 나무는 상처를 닫는다고 한다.

호주의 피너클스사막을 사진으로 본 적이 있다. 만 오천 개의 석회암 기둥이 우뚝 솟아있는 모습이 나를 붙들었다. 사막에 난데없이 웬 돌기둥일까 의아했다. 수 만년동안 강한 바람이 사막의 모래를 날려 땅속 깊이 숨어있는 석회암 기둥이 모습을 드러낸 것이라고 한다. 시간이 만들어낸 자연의 경이로운 광경이었다.

나무에게도 상처는 긴 시간이 필요하다. 수액을 흘리며 조직을 만들고 그 아픈 곳을 완전히 덮으며 상처를 닫기까지 수년이 걸린다. 나에게도 그런 기다림이 필요하리라. 진실이 밝혀지기까지 고통을 앓아야하는 일이다. 지금은 아득한 사막이다. 거기서 불어오는 모래바람을 두려워하지 않으리라. 언젠가는 그 바람이 나의 진실을 드러내줄 거라 믿으니까 말이다.

사막에 돌기둥이 드러나 장관을 이루었듯이 나에게 닥쳐온 곡해도 오해였음을 훤히 보여주기를 시간에 기대어 보기로 했다. 화를 내고 뾰족하게 나를 세우기보다 나무가 수액을 흘려 자신의 상처를 덮듯이 나도 눈물로 시간을 견뎌볼 참이다. 나는 지금 상처를 치유하고 있는 게 아니라 나무처럼 상처를 닫고 있는 중이다.

(2019. 5.)

잠시 멈춤

엊그제도 죄인이었다. 어제도 죄인이 되고 말았다. 그저 사람들은 야단법석인 난장판의 단두대에 죄명도 없이 세웠다. 여기저기서 날아오는 화살에 항의를 해보지만 소리 없는 아우성이 된다.

한산한 시골의 우체국에 이변이 일어났다. 매일 출근길에 늘어선 사람들로 떠를 이루고 있다. 느닷없이 코로나의 해일이 몰고 온 인파로 넋을 뺏긴 날들이다. 문도 열기 전에 마스크를 사려고 장사진을 치는 행렬이 낯설다. 추운 날씨에 아침 6시부터 기다리는 이들은 5시간을 기다린다. 더구나 노인들이 많아 거리에 세워 둘 수가 없다.

이들을 배려하여 안으로 들이자 사무실이 도떼기시장이다. 마스크 판매시간이 11시부터라 두 시간 이상 시장판이었다. 모두들 지쳐갔다. 이렇게 진을 다 빼놓고는 사람들이 순식간에 썰물처럼 빠져나간다. 일은 일대로 엉망인 채 사람들과 엉킨 몇 시간의 피로에 온종일 시달렸다.

어느 날, 한사람이 한꺼번에 실내에 있음을 항변했다. 혹여 무슨 일이 생기면 책임을 지라는 말에 겁이 더럭 났다. 어쩔 수 없이 다음 날부터 밖에 줄을 세웠다. 창밖으로 영하의 날씨에 동동거리는 모습이 들어온다. 실내에 있는 나로서는 바늘방석이었다. 시간은 왜 그리 더딘지. 나도 지루한데 사람들은 오죽하랴.

줄을 서 있던 이들은 뿔이 나기 시작했다. 울그락불그락 얼굴빛은 성난 야수였다. 왜 이토록 오래 기다리게 하느냐고 고함을 지르고 누구 맘대로 꼭 그 시간에 팔아야 하냐며 뿔로 치받는다. 아무리 우리의 입장을 이해시키려 해도 들으려 하지 않는다. 자기의 분을 푸느라 가시 돋친 말을 마구 쏟아냈다.

그마저 사지 못한 이들은 겨우 적은 양을 가지고 농락하는 처사라고 따진다. 이 자리에 있다는 이유로 화풀이를 해대는 사람들. 마스크 때문에 애먼 우체국 사람들은 그들에게 죄인이 된다. "우리가 무슨 죄란 말인가요" 맞서 저항할 수도 없다. 덮어놓고 "죄송합니다" 밖에 할 말이 없다. 코로나로 머리를 숙이는 날이 늘어만 간다.

마스크 5부제가 시작되는 날이다. 뿔을 세워 심하게 치받던 이가 다시 마스크를 사러 왔다. 그때는 미안했다며 사과를 한다. 며칠을 선착순에서 밀려 허탕 치는 바람에 화를 참지 못했다고 겸연쩍어한다. 목숨 줄이 된 마스크를 달라고 낫을 들고 쳐들어온 사람도 있었다는데 그나마 다행이었노라고 다친 마음을 위안하던 터였다.

도착순에서 커트당하고 5부제도 이해 못하는 할머니가 성을 내시며 들어온다. 몇 번이나 수요일이라 알려드렸건만 잊어버리곤 노인을 놀린다고 씩씩거린다. 다섯 번째 헛걸음한 탓을 독설로 퍼붓는다. 마스크를 팔고부터 하루도 조용히 지나가는 날이 없다. 오늘도 또 죄인이 되었다.

그들이 다 옳다. 또한 우리의 잘못도 아니다. 마스크 때문에 사람과 사람사이가 흉흉해짐은 얼마나 부끄러운 일인가. 서로가 이해하고 넘겨야 할 고비다. 우리에겐 지금, 잠시 멈춤이 답이다. 함께할 때 소망 같은 경구(警句)처럼 이것 또한 지나가리라.

삶에 있어서도 멈춤은 필요하다. 화가 났을 때, 분노가 차오를 때 잠시 멈추어 보면 어떨까. 그러면 비로소 길이 보일 텐데 말이다. 사람들에게 입은 상처를 향한 원망을 잠시간 멈추어본다. 신기한 일이다. 오죽했으면, 얼마나 절실했으면 하는 마음으로 기울어간다. 후벼 파인 마음의 무늬가 어루만져지고 그 자리에 꾸덕꾸덕 딱지가 앉고 있다.

잠시 멈춤은 코로나로 하여 죄인이 될 때마다, 그리고 앞으로의 내 삶에 있어서 꼭 필요한 쉼이요. 명상(冥想)이 될 것이다.

(2020. 3.)

오늘도 흔들리는 중입니다

청첩장을 받았다. 아들의 결혼식을 알리는 친구의 초대장이다. 축하를 해주며 함께 기쁨을 나누어야 할 일인데 머뭇거린다. 망각하고 살다시피 한 내 나이가 화두로 툭 던져진다. 어느새 와 있는 여기는 어디인가. 지금 내 삶의 속도는 56km로 빨라 지나는 풍경을 제대로 곁눈질 할 수가 없다.

나에게도 풋풋한 청춘이 있었는지. 삼십대, 사십대의 시간도 가뭇하다. 단지 세월의 흐름을 서른이 된 아들의 나이로 실감한다. 이를 어찌 부인할 수가 있으랴. 변화되는 나를 거부하고 싶어도 세월 앞에 장사가 없다. 세상 만물과 사람을 모두 가혹하게 바꾸는 시간 앞에 경건해진다.

흰 머리가 늘어나고 앉았다가 일어날 때면 비명이 새어나오는 나이. 셋만 모여도 몸에 좋다는 식품에 열을 올린다. 하나, 둘 건강의 이상으로 약봉지가 늘어나기 시작하는 나이. 고혈압은 내 몸의 첫 이상신호였다. 살다보면 예기치 않은 곳에서 불쑥 불거져 나오는

일들이 많다. 전혀 걱정을 해 본 적이 없는 예고 없이 들이닥친 불청
객이었다.

처방전으로 의사는 운동을 채근했다. 나 혼자서 무엇을 한다는
건 상상도 못 할 일이다. 소극적인 내가 시작한건 집에서의 워킹머
신이었다. 실내에서 한 시간을 채우기가 왜 그리 지루하고 버거운
지. 얼마 가지 않아 포기하면서 밖으로 나가야 하는 상황이 왔다.
달포를 망설이다 가게 된 음성천이었다. 서너 해를 걷다보니 익숙해
져 있는 나를 발견한다.

고혈압은 소심하고 내성적인 나를 바깥으로 끄집어내는 변화를
준 숙주다. 내 몸에 기생하며 나를 에워싸고 있는 껍질을 깰 수 있는
용기를 주고 세상에 더 당당해지는 나로 바뀌게 해 주었다. 아예
공생관계로 살 생각이다.

올해의 여름은 땡볕을 걷는 게 엄두가 나질 않는다. 삼림욕장의
둘레길이 시원하고 좋다는 말이 귀를 간질인다. 외져서 홀로 내키지
않아 주저하고 있는 나를 다시 또 한 번 질끈 용기를 준다. 산그늘이
내려앉아 있어 운동이라기보다 산책하기에 좋은 길이다. 날벌레의
무차별 공격은 단맛의 대가로 흔쾌히 받아들인다. 나무의 향과 풀냄
새가 싱그러워 초록의 노선이 마음에 새로이 들어선다.

지금의 나이가 되면 세상 풍파에 시달릴 만큼 시달려 바람이 아무
리 불어도 괜찮을 줄 알았다. 갈래 길에 서면 전보다 더 망설이고
가는 길이 옳은지 자신이 없다. 새로운 일의 선택 앞에선 늘 문치적

댄다. 갈수록 더 어렵고 힘든 여정이다. 참, 홀로서기 힘들다.

아직도 여전히 바람이 분다. 지금도 나는 흔들리고 있다. 세상이 언제쯤이면 만만해질까. 더께가 앉은 위에도 마음의 상처를 입고 작은 바람에도 휘청댄다. 수없이 부딪히고 넘어지며 걸어 온 길. 아직도 더 아픔이 남아있음을 예까지 와서야 알았다.

괜찮다. 아마 나무도, 꽃도 흔들리며 피었다지. 더욱이 사람이랴. 흔들리며 가는 게 인생이라면 점점 속력이 더해지는 내 삶을 즐겨볼 요량이다. 나만의 속도로 최선을 다해야 최고의 오늘이 되는 법이니까. 적어도 내 인생이 후회되지 않도록 말이다.

요즘, 혼자인 날들이 늘어나고 있다. 오롯이 나와 시간을 보내는 법을 배워야 할 때다. 나로 살아가는 기쁨은 진정한 자기 자신이 되도록 스스로를 허락해 주는 것이라 한다. 나를 조건 없이 사랑하기, 그리고 나 자신으로 살기, 나의 빛을 최대한 밝히라고 책에서 조언한다.

그이와 아들로 하여 내가 빛날 날이 올 거라 기대하며 살아온 세월들. 이제 나의 사랑을 빌미로 아들에게 치우치지 않고 한 남자의 아내로 얽매이지 않을 일이다. 가족의 사랑, 그 안에서 진정한 나로 살리라. 나의 빛을 밝혀 스스로 환해지리라.

청접장 속 두 사람이 눈부시다. '나도 저런 때가 있었지' 스르르 눈이 감긴다. 손을 꼭 잡은 둘의 모습이 비행기 창문에 비친다.

(2020. 9.)

콩고가 꽃을 피우기까지

나무에 꽃 한 송이가 피었다. 흔히 보아온 고무나무처럼 잎이 넙데데하다. 키로 보아 오랜 시간을 정성스럽게 가꾸어 온 듯하다. 이런 나무에 꽃이 피는 줄 처음 알았다. 무성한 잎 사이로 숨어 불그레한 꽃잎이 속살처럼 하얀 수술을 감싸고 있는 모습이 수줍은 소녀 같다.

이 꽃은 관심을 주어야 볼 수 있다. 까딱 한눈을 판 사이 지기 때문이다. 일 년에 한번 피면서 꽃망울이 터지기까지 한 달이 넘게 걸린다. 그렇게 힘들게 피운 꽃을 하루만 보여주고 꽃잎을 꾹 닫아버린다. 긴 시간을 인내로 지켜본 주인은 허무하기 짝이 없다. 아무리 열흘 붉은 꽃은 없다지만 하루는 야속하지 않은가.

나를 사랑해 주세요라는 꽃말을 갖고 있다. 나만 바라보라는 욕심 많은 꽃이다. 화무십일홍(花無十日紅)을 무색하게 하는, 한 치의 눈길도 빼앗기기 싫어하는 꽃. 진심으로 자기에게 관심을 가진 사람에게만 보여주는 콩고는 그런 꽃이라고 말했다.

하루만 보여준다는 꽃이 마침, 오늘 꽃을 피워 보여주고 싶어서였다. 식당주인이 우리를 반색한 이유다. 마치 친한 사이인양 손을 이끌어 어리벙벙했었다. 손님들에게 주문을 받는 일보다 꽃을 먼저 보여주고 싶었나보다. 하루도 거르지 않고 보아 왔으니 어찌 그러지 않겠는가. 자식을 잘 키워놓고 대견해하는 엄마라고나 할까. 내게는 그런 모습으로 비치고 있다.

하루하루 잎이 크고 자라는 모습을 지켜보았다고 한다. 물을 주고 얼까봐 온도도 신경 쓰면서 꽃이 피기까지 쏟은 정성이 들뜬 말로도 느껴진다. 더디게 피는 과정을 조심스레 들여다보았을 터이다. 꽃대를 올렸을 때는 신기하고 대견했지 싶다. 이제나저제나 꽃망울을 터트리기를 기다렸으니 드디어 환호가 터졌을 것이다. 혼자 알기에는 벅찬 모습을 다른 사람에게도 전해주고 싶었을 것이다.

반려식물도 이러하거늘 자식은 더 말할 나위가 없다. 꽃의 주인을 보고 있자니 지인도 또한 그러했으리라. 평소에 늘 당당한 모습이 부럽고 좋았다. 소심하고 부끄럼 많은 나는 닮고 싶은 사람이었다. 무엇이 저리도 그녀를 당차게 하는지 궁금했었다. 지금 생각해보니 자식들 때문이 아니었을까 한다.

슬하에 딸 둘이 다 예쁘다. 아들만 있는 나로서는 어찌나 부러웠는지 모른다. 여자로서, 엄마로서 존경스럽다. 큰 애는 승무원으로, 작은 아이는 기자로 어엿하게 키우느라 들인 정성을 누가 알랴. 그렇게 되기까지 과정 하나하나의 고비마다 애태웠을 엄마의 노고가 심연에 와 닿는다.

누구보다 벅찰 그녀의 기쁨을 같이 나누고 싶었다. 그동안의 마음고생을 위로해주고 싶었다. 3년이나 지난 일을 이제야 알고 뒷북치는 나에게 아직도 세상을 다 가진 기분이라는 답을 보내왔다. 어찌 안 그러겠는가. 이토록 가슴 뛰는 희열이 또 있을까. 자식을 위해서라면 못할게 없는 부모는, 누구랄 것도 없이 그 기쁨이 내 일처럼 뭉클하다.

자신만을 위해서라면 억척스럽게 돈을 벌려고 애쓰지도 않고 고생을 감수하면서 살지 않는다. 더 일찍 포기하고 빨리 손을 놓는 일이 많은 법이다. 자신과 타협하며 편안함에 안주(安住)했을 테지. 모두에게 자식은 참아야할 이유고 견뎌내는 힘이니까.

꽃은 그냥 피지 않는다. 그 안에 많은 노고가 숨어있다. 꽃이 져서야 잎이 보이듯, 해마다 꽃을 보고서야 알겠다. 겨우 내내 모진 추위를 온몸으로 견뎌낸 나무의 헌신과 노력이 있었음을, 마지막 꽃샘추위까지도 잘 이겨내어야 비로소 봄볕이 배어들어 꽃을 피울 수 있음을.

(2021. 4.)

가지 않은 길

삶은 매번 서툴다. 아직도 선택의 고리로 이어진 여정이 녹녹치가 않다. 언제나 기로에 서면 지칫거린다. 살면 살수록 어려워지는 건 두 갈래 길에 맞닥뜨리는 일이다. 무엇을 결정하기까지 시간은 여유로이 나를 기다려 주지 않는다. 코앞에 와서야 선택해야만 하는 일들이 대부분이다. 앞으로 어떤 발칙함이 기다릴지 모르는 선택은 그래서 걱정과 기대가 함께 한다. 가 보아야 아는, 살아 보아야 알 수 있는 미지의 세계이기 때문이다.

사람들은 선택되지 않은 다른 길에 누구나 미련을 갖고 산다. 만약에 그 길을 택했다면 좋았지 않았을까 하는 아쉬움을 담고 산다. 환상의 나래가 거침없이 '만약에'라는 말을 앞세운다. 상상속의 세계는 거센 비바람도, 폭풍우도 없는 맑은 날씨다. 거기에 아름답고 눈부신 풍경을 펼쳐 놓는다.

라라랜드는 '만약에'가 용수철처럼 튕겨져 나오는 영화다. 마지막 장면의 먹먹함에 누구라도 해 보았을 생각이 아닐까 싶다. 영화 속의 상상대로 뜨겁게 키스를 했더라면 어땠을까. 헤어지지 않았다면 결혼해서 행복할 수 있었을까. 마음에 남긴 긴 여운만큼이나 이루어지지 못한 사랑은 짙은 아픔으로 남는다.

이 영화는 재즈 뮤지션을 꿈꾸는 세바스찬과 배우 지망생인 미아가 만나면서 사랑에 빠지는 이야기다. 서로의 꿈을 응원해주면서 키워가던 사랑은 어느 순간에 금이 가기 시작한다. 그가 재즈피아니스트로 성공하여 소원해지면서 자연히 둘의 관계가 벌어지게 되는 것이다.

이별 후 미아도 유명한 배우가 되어 결혼을 해 딸을 두고 있다. 운명의 장난인가. 우연히 남편과 그의 재즈클럽에 들르게 된다. 서로를 알아보고 그는 두 사람이 좋아했던 노래를 연주한다. 그녀의 촉촉해진 눈을 한동안 조명한다. 이때 화면은 둘이 처음 만나는 장면으로 가득하다.

그녀를 와락 껴안고 키스를 하자 상상이 펼쳐진다. 결혼을 해서 가정을 꾸미고 육아를 함께 하는 모습이 행복해 보인다. 어쩌면 가족으로 살았을지도 모르는 미래의 장면도 잠시, 연주가 멈추고 곧 현실로 돌아온다. 두 사람의 사랑이 그랬던 것처럼 세바스찬의 연주는 마지막 음을 맺지 못한 채 끝이 난다.

연주를 마치자 남편과 함께 자리에서 일어나는 미아. 문을 나서기 전 눈을 마주친 두 사람의 눈빛이 오간다. 그 속엔 수많은 감정들이 담겨있어 보인다. 두 사람의 표정에서 눈을 뗄 수가 없다. 담담하게 참아내는, 절제된 감정들이 이 영화의 한 수다. 그녀가 돌아서자 혼잣말처럼 들리는 소리. 하나, 둘, 셋, 넷. 다시 건반을 두들기는 그다. 피아노 소리가 점점 작아지면서 끝을 알리는 자막이 올라간다.

지금 사는 인생은 전에 내가 선택한 결과다. 가보지 않은 길은 아쉽고 후회스럽기도 하다. 사람은 지나간 시간, 지나간 인연들을 생각하며 '만약에'를 소환한다. 더 나을 거라는 기대는 허상에 지나지 않는다. 분명한건 어떤 것을 선택했더라도 늘 후회는 남는 법이다.

의미 없지만 붙잡고 싶은 말. 있을지도 모르는 일로 상상 속의 나를 과거로 되돌려 놓는 소모적인 말. 또 자신의 부족을 감추고 나약함을 외면하고 싶을 때 쓰는 말. '만약에'라는 부사어다. 아무리 되돌려 보아도 달라지는 것이 없는 슬픈 말이다.

지금껏 걸어온 길이 고달팠다 해도 오지 않을 수 없던 길이다. 그 길들을 지나지나 여기까지 온 것이다. 가지 않은 길은 언제나 궁금하고 좋을 거라는 환상은 미련과 호기심만 남을 뿐, 내가 걷는 여기가 나의 길이다. 내가 가지 않은 길은 길이 아님. 내 안에 떠돌던 바람 한 점이 허허로이 구름을 몰고 가고 있다.

(2021. 8.)

죄와 벌

달이 밝다. 슈퍼 블루문이 빛을 환하게 내고 있다. 14년 뒤에나 볼 수 있다는 말에 작정하고 달구경을 나섰다. 두 손을 얌전히 합장한다. 내 옆에서 하늘을 올려다보던 그이가 한숨을 내쉰다. 그 깊이가 깊다. 한숨의 의미를 잘 안다. 어디서부터 어디까지 잘못이라 할 수 있을까. 누구도 이들을 금지된 사랑이라고 단정 짓지 못한다. 미성년자도 아닌, 불륜도 아닌 둘의 죄는 아니다. 단지 이 사랑을 허락하지 못하는 것일 뿐이다.

처음, 시작은 연민이었다고 했다. 동료로서 혼자 아이를 키우고 있는 게 안쓰러워 마음이 쓰였을 것이다. 마음이 건너가다 가속이 붙자 거침없이 빠져들어 가서야 마주친 사랑이었다. 나이 마흔을 훌쩍 넘어서서 찾아온 첫사랑. 이제야 온 사랑이 하필이면 불청객이어서 안타깝다. 조카는 부모에게도, 가족에게도, 누구도 반겨주지 않는 처지다. 집안의 어른들 모두가 반대하는 아픈 사랑을 하고 있다.

한 직장에서 눈만 뜨면 보는 얼굴이라 빨리 정이 들었나 보다. 사귄 지 두 달 만에 결혼까지 약속한 모양이다. 어느 날 조카는 평소 가깝게 지내는 그이에게 고민이 있다고 전화가 걸려 왔다. 좋아하는 사람이 생겼다는 말에 기뻐 축하의 인사를 전했다. 들뜸도 잠시 실망적인 얼굴로 변했다. 도저히 반겨주지 못하는 여자 친구의 조건이었다. 아이가 있는 돌싱은 누가 봐도 화가 동할 일이다. 어른의 잣대로는 총각인 조카에게 가당치 않은 상대이기 때문이다. 당장 헤어질 것을 부탁했다. 엄청난 비밀이 혼자에게만 공개되면서부터 온통 신경이 조카에게 가 있다.

시시로 전화를 걸어 잔소리를 해댔다. 혹여 누나와 매형이 알까 봐 노심초사하며 해결하려 끙끙댔다. 두 분이 알면 받을 충격은 너무도 크다. 외국인 며느리도 절대 안 된다고 고집을 피우는 분들에게는 도저히 용납이 안 될 일이다. 속을 끓이는 그이를 지켜보고 있는 나도 시원한 답이 없기는 마찬가지다.

마침, 좋은 정보가 들렸다. 지인이 운영하는 인력사무소를 처분한다는 반가운 소식이 가뭄에 비를 만난 듯 반가웠다. 전부터 회사생활이 힘들어 이런 일을 해 보고자 하던 터라 머뭇거릴 이유가 없었다. 서울에서 이쪽으로 내려오게 하여 여자 친구와 떼어 놓을 작정이었다. 몸이 멀어지면 마음도 멀어진다는 거자일소(去者日疎)라는 사자성어를 공식인양 대비시켰다. 분명 둘의 관계가 소원해질 수 있는 거리이기 때문이다.

더 정들기 전에 하루라도 일찍 내려오게 할 요량으로 서둘렀다. 속도 모르는 큰 시누이는 무슨 일을 그리 급하게 처리하려 하는지 의심을 했다. 무슨 대가라도 받고 서둘러 사무실을 넘기려 한다는 오해로 그이를 힘들게 했다. 벙어리 냉가슴을 앓았다. 조카가 긍정적으로 나와 불행 중 다행이었다. 사무실을 계약한 일로 한시름을 놓는다. 조카의 사랑이 옳고 그름의 경계가 혼란스럽다. 틀린 게 아니라 다른 것일 텐데 말이다.

사랑이 죄가 되었다. 국경도 없다는 사랑이건만 나서서 찬성하지 못하는 노릇을 어찌하랴. 이제 쉬쉬하던 시누이까지 알게 된 지금, 어른들은 모두 헤어짐을 강요한다. 여기저기서의 질책에 조카는 죄인이 된다. 부모와 자식 간의 연(緣)을 끊자고 할 만큼 진노하게 한 죄. 주위 사람들에게 실망을 안겨준 죄. 한 여자를 사랑한 죄. 벌로 짊어질 아픔의 무게가 가혹해 보인다.

못다 한 사랑을 방관해야만 하는 나. 맨 앞에 나서서 악역을 맡은 그이의 노력이 둘의 인생에 원망으로 남지 않기를, 부디 그들에게 후회로 남지 않았으면 하는 마음 간절하다.

(2023. 9.)

이순 즈음에

윗세오름 표지석이 반갑다. 작은 배낭을 메고 가볍게 나선 길이 얼떨결에 예까지 올랐다. 늘 가던 산에 가려던 마음을 그이가 홀연 바꾼 것이다. 태고의 신비를 그대로 간직하고 있는 한라산이다. 어리목으로 오르는 길도, 영실로 내려오는 길도 감탄이 쉴 새가 없다. 그 어떤 정원이 이보다 멋질까. 자연이 보여주는 위대한 풍경을 감상하는 호사를 누리고 있다.

살아 백 년, 죽어 백 년이라는 구상나무가 숲을 이룬다. 따뜻한 곳을 싫어하는 나무는 더는 밀려날 데가 없이 산꼭대기까지 왔다. 죽어서 하얀 고사목으로 서 있는 모습도 이국적 풍경을 보여준다. 욕심도, 번뇌도 모진 세월에 쓸려간 해탈의 모습이다. 아무리 힘들어도 끝까지 올라보면 자연은 무언가를 꼭 보여준다. 고생한 대가를 준다. 그런 기대가 산에 오르는 이유인지도 모른다.

하산하며 만난 병풍바위는 즐비하게 늘어서 하늘을 받치고 서 있다. 연이어 늘어선 오백여 개의 돌기둥은 나무와 어우러져 어디에서도 만나지 못하는 풍광이다. 설문대할망의 아들인 오백장군들이다. 제주에는 아무리 강한 태풍에도 피해가 크지 않다. 한라산에 막혀 기세가 한번 꺾이어 힘이 약해져서다. 아마도 장군들 앞에 바람도 풀이 죽는가 보다. 볼수록 든든해 보인다.

한라산의 숲은 나무와 바위가 같이 어울려 살고 있다. 나무의 뿌리들이 바위를 휘감아 제 몸을 의지한다. 어느 날 씨앗 하나가 바람에 날아와 터를 잡았을 것이다. 바위는 씨앗을 거부하지 않고 가만 품는다. 비와 바람, 햇살과 눈보라를 이겨내며 틔워낸 인고의 시간. 드디어 나무로 성장한다. 서로를 품고 다독이며 살아가는 숲이다. 숲처럼 품지 못해 더 힘들었던 삶은 고개 하나만 오르면 괜찮아지려니 하며 30대가 흘러갔다. 다시 오르막이 나타났다. 또 올라가야만 하는 40대는 이를 악물었다. 앞이 트인 평원을 기대했으나 오르막이 앞을 막아섰다. 좌절하고 싶어도 지금껏 참아낸 시간이 억울하여 다시 온 기운을 낸 50대. 기적처럼 평지가 나타났다.

앞이 보인다. 산꼭대기의 나무들이 하나같이 키가 작다. 바람에 많이 시달린 탓이다. 덕분에 나무가 단단하다. 앉아서 가쁜 숨을 고른다. 포기하지 않고 여기까지 온 게 뿌듯하고 스스로 대견하다. 숨 막히게 오른 후에 찾아오는 휴식. 달콤함은 길게 시간을 내어주지 않는다. 이순을 향하는 둘의 발목을 붙잡는다. 그이의 건강 적신호가 우리의 삶을 낭떠러지로 치닫게 한다.

귀가 순해진다는 이순일지라도 여전히 서툰 내 삶. 나는 어설픈

게 아니라 마디게 무늬를 그리는 중이라고 위로한다. 이즈음에 알게 되는 것들이 있다. 내리막보다는 차라리 죽을 만큼 힘들었던 오르막이 좋았다는 것을. 그때는 희망이 있어서 기대도 있었으니까. 그래도 앞에 닥친 역경을 견디고 나면 더 좋은 무언가를 보여줄 것을 믿는다. 힘들게 오른 산이 정상에서 한 수를 보여주듯이 말이다.

(2023. 10.)

아찔한 유혹

서풋, 봄이 발걸음을 내디딘다. 험한 뱁새눈을 한 바람에 꽃들이 움찔 놀란다. 이에 잠시 머뭇거릴 뿐, 흠칫흠칫 경기(驚氣)를 일으키며 꽃은 피어난다. 여기저기서 고음의 비명이 터진다. 꽃을 시샘하던 바람이 주춤하는 사이 놓칠세라 여름이 들이닥친다.

바람도 뜨거운 햇살에 맥을 못 추고 지친다. 아무리 나무를 흔들어대고 바람을 일으켜도 후덥지근한 바람이 인다. 바람을 반기는 계절은 가을이다. 순한 바람은 생기를 불어넣어 살아있음을 증명한다. 과일은 색이 짙어져 농후해지고 나무들은 가장 화려하게 색을 입힌다.

겨울이 오면 매서워지는 바람을 기어이 감수한다. 이미 눈치챈 꽃과 나무들은 스스로 실오라기 하나 걸치지 않은 나목이 된다. 그들은 안다. 이 혹독한 바람을 견뎌야만 봄이 온다는 것을. 또 한 생을 찬란하게 꽃을 피울 수 있음을. 꽃눈이 부푸는 자리에 간질간질한 젖몸살도 기쁨일 수 있음을 봄을 기다리면서 안다.

자연의 사계(四季)를 휘도는 바람이다. 때로는 야속하지만 꼭 필요한 존재이기도 하다. 향기를 날려 은밀한 유혹을 던진다. 달콤함에 빠져들어 벌과 나비는 꽃들을 옮겨 다니며 꽃가루를 나른다. 바람이 분 까닭이다. 열매가 커가고 있음은. 저마다 바람은 살아있는 모든 것들의 이유를 품는다.

인생에도 내내 바람이 분다. 지금의 나이가 되면 흔들리지 않고 잠잠해질 줄 알았다. 지금까지 크게 울어대고도 모자란 표정이니 내겐 공포다. 언제 어떤 모습으로 불어닥칠지 늘 긴장한다. 지금까지도 이 추위는 적응이 되지 않는다. 누구에게는 간지러운 바람이 유독 나에게만 독하게 구는지. 주저앉아 통곡하고 싶은 날이 늘어난다. 이순의 나이에 주책없이 눈물만 많아진다.

산다는 건 매일 선택의 기로에 서서 유혹의 바람을 만나는 일이다. 갈등의 갈래길은 가보지 못한 길에 미련을 남긴다. 도착할 때쯤 남아있는 유혹은 끝내 되돌아가 다른 길을 선택하게도 한다. 혹시나 하는 기대감이 실망으로 바뀔지라도 유혹을 저버리지 못하는 실수를 범할 때가 있다. 그래도 두고두고 미련의 앙금이 남지 않아 가볍다. 바람이 준 상처가 인생의 조언이 되어준다.

맛은 기가 막히지만 독이 있어 잘못 다루면 사람이 죽을 수 있는 생선이 있다. 간, 내장, 난소에 들어있는 무색, 무취의 테트로톡신이 목숨을 앗아간다. 이 독은 치명적인 맹독성으로 해독제조차 없다고 한다. 한 마리가 가지고 있는 독이 33명을 죽음에 이르게 할 양이라는 것이다. 끓여도 사라지지 않아 반드시 잘할 수 있는 자격을 갖춘 전문 조리사가 요리한 음식을 먹어야 한다.

살은 다른 생선과는 다르게 닭고기와 생선의 중간쯤 되는 쫄깃한 맛이 난다. 껍질은 부드러우면서도 쫄깃하게 씹히는 맛이 훌륭하다. 미세한 단맛은 다른 고기보다 단연 뛰어나다. 독이 강할수록 맛은 더 좋다. 사람이 한 번 죽는 것과 맞먹는 지옥을 넘나들면서까지 먹는 아찔한 유혹, 복어다.

백수가 되고 나서 진정한 제주를 만난 나. 보고 또 보아도 그리운 얼굴. 질리지 않는 모습은 새록새록 새롭다. 여기선 모처럼 웃고, 떠들고, 유쾌해진다. 어디 사랑스럽지 않은 곳이 없다. 음성에 오면 빨리 가고 싶어 안달이 난다. 숲이 보고 싶고 하늘로 쭉쭉 뻗어 오른 삼나무도 아른거린다. 꿈에서도 푸른 바다가 보인다.

제주, 갈 때마다 깨지는 경비에 가계가 휘청하지만 술렁임을 누를 수가 없다. 너는 나에게 여전히 복어 같은 아찔한 유혹이다. 맨살을 드러내고 말간 미소로 순간 네가 내 안에 이렇게 깊이 자리 잡을 줄 몰랐다. 천생 나의 일상을 저당 잡혀야 할까 보다.

(2024. 4.)

2

*

등 하나 밝히며

감전

　화다닥, 번갯불이 등줄기를 훑고 지나갔다. 천만 볼트의 전율이다. 열(熱)고압선이 손가락에 닿자 소스라치게 내둘려 아뜩하다. 감전의 떨림이 온 몸으로 번졌다. 외마디소리조차도 깨물지 않은 포도 알을 통째로 넘기듯 삼켜버린다. 한 질금 눈물이 쏟아졌다.

　벌겋게 달아오른 살이 점점 더 기세를 부리며 화끈거려왔다. 수도를 틀어 찬물로 식혀도 쉽사리 가라앉지 않는 화기에 나도 모를 서러움이 북받쳐온다. 봇물로 터진 울음은 장마가 지나간 깊은 강물의 우렁우렁 소리를 냈다. 영문을 모르는 그이가 놀라 달려왔다. 무슨 일인가 잠시 사태파악을 하는 눈치였다.

　잘 달구어진 프라이팬의 응징은 엄청났다. 헛된 꿈을 꾸느라 딴 생각을 하고 있는 나에 대한 뜨끔한 경고였다. 마치 손가락이 잘려 나가는 통증이었다. 화끈거림이 조금 달래지자 풍선처럼 부풀어올라왔다. 금방이라도 터질듯한 물집을 본 그이의 눈이 휘둥그레졌다. 그리고는 구워지다만 호박전에 뒤집힌 속풀이를 쏟아냈다.

"이런 반찬은 안 먹어도 되니까 앞으로는 굽거나 튀기는 음식은 하지 마."

"그걸 말이라고 하는 거야. 괜찮아하고 물어보아야 되는 것 아니야."

악에 받쳐 소리를 질렀다. 이렇게 서운할 수가 있을까. 그제야 상처를 살피면서 많이 아프겠다고 걱정을 했다. 속이 얼마나 상하면 그랬겠냐는 것이었다.

수포는 탱탱한 풍선이 되었다. 가시를 갖다 대자 바람 빠진 공모양 쭈글쭈글하다. 임시 처치로 연고를 바르고 밴드를 붙인 후 다음 날 병원을 갔다. 의사선생님은 수포를 터트리고 왔다고 혼냈다.

릴케도 가시에 찔려 파상풍으로 죽지 않았느냐며 피부가 괴사할 수도 있다고 한다. 소독이 중요하여 바늘을 불에 달구어 식힌 후에 따야 한다는 것이다. 무지한 행동을 한 게 부끄러워 벙어리가 된 채 진료를 마쳤다. 가제로 칭칭 감은 손가락을 보니 마음이 심란하다.

병원을 나오면서 저마다의 마음에 퉁퉁 불거진 물집을 생각해본다. 그이가 속상해서 한 말이 듣는 나로서는 상처였다. 불뚝성이 나서 한 소리로밖에 들리지 않는다. 아무리 안에서 화가 치민다하여 여과 없이 불쑥 내뱉는 것은 상대방에게 큰 생채기를 남긴다.

남녀 간에 대시도 상대가 계속 싫다고 하는데 포기하지 않고 질기게 굴면 폭력이 된다. "열 번 찍어 안 넘어가는 나무는 없다."라는 말은 옛말이다. 자기가 툭 건드리면 터질 것 같은 봉숭아씨방이라고 해서 나와 똑같은 마음이지 않다. 원하지 않는 접촉도 마찬가지다. 거부반응으로 소름이 끼치도록 괴롭고 힘들 수도 있다. 더 나아가 죽고 싶은 생각이 극한 상황으로까지 몰고 가기도한다.

진심을 다했다면 그 마음이 나에게 서서히 기울어지기를 기다릴 줄도 알아야 하는 것이다. 끝까지 거절당한다면 제 스스로 터지도록 두어 자신의 성찰로 이어져야 한다. 사랑의 구걸을 강요하는 억지는 무서운 폭력이다.

내 안의 물집은 함부로 터트리는 게 아니다. 화상도 수포를 따기 전에 소독의 과정을 거쳐야하듯 자신을 정화하는 시간이 필요하다. 때가 되지 않아 서둘러 건드리면 균이 들어가 상처를 덧나게 한다.

릴케는 장미의 가시에 찔려죽었다. 어이없게도 나는 보리수가시에 찔려 죽을 뻔했다. 여자 친구를 위하여 꽃을 꺾다가 찔린 가시는 낭만적인 시인의 사인(死因)으로 남아있다. 하필이면 석가모니가 그 아래서 깨달음을 얻었다는 나무라니. 가시로 하여 무지를 깨우치라는 뜻일런가. 하마터면 내 인생 일대기의 흑역사로 남아 주위사람들에게 두고두고 웃음거리가 될 뻔했다. 아찔한 감전이었다.

(2019. 7.)

이안류

여름바다는 시끌시끌하다. 사람들의 떠드는 소리와 웃음소리로 파도소리마저 허공으로 부서진다. 하소연하는 사람들의 말을 다 들어주고 연인들의 속삭임도 숨죽여 듣는다. 친구들과 연인과 가족들이 밀물로 왔다가 썰물이 되어 빠져나가는 수많은 사람들의 이야기를 모래톱에 켜켜이 쌓는다.

바다는 거부하지 않고 또 다른 이들을 맞는다. 때로는 넓은 가슴으로 아픔을 품어주고 사랑이 깊어지는 배경이 되어준다. 이런 바다가 아무도 눈치 채지 못할 끔찍한 음모를 감추고 있을 줄이야. 짧은 시간에 갑자기 나타나 수심이 깊은 먼 곳으로 순식간에 휩쓸고 가는 공포의 물살을 숨기고 있다. 언제, 어디서 출현할지 모르는 상어만큼이나 두려운 자객인 셈이다.

올해도 7월 초에 제주도의 해수욕장에 모습을 비추었다고 한다. 여름마다 수백 명을 집어삼키는 해류다. 지형적인 요인과 파도의 특성, 기상학적 요인이 작용해 발생하게 된다. 해안 가까이로 밀려오는 파도가 부서지면서 바닷물이 한곳으로 모여들고 좁은 통로로 다시 급하게 바다로 빠져나갈 때 생긴다는 것이다.

폭은 10~40m에 길이는 500m지만 물살은 초속 2~3m로 매우 빠르다. 한번 휘말리면 도망 나올 새도 없다. 죽음의 함정에서 빠져나오려면 물길을 거스르지 말아야 한다. 좌. 우로 움직여 45도 각도로 헤엄쳐서 나와야만 벗어날 수가 있다.

이 해류는 영화 빠삐용에도 나온다. 그냥 단조롭게 끝났을 영화의 말미를 장식하며 완성도를 높였다고 평론가는 말하고 있다. 프랑스령 기아나에 있는 사방이 높은 절벽과 거센 파도로 둘러싸인 악마의 섬에서 출발한다. 여러 차례의 탈옥을 시도했다가 다시 붙잡혀온 죄수가 있다. 살인 누명을 쓰고 종신형을 선고받은 금고털이범 빠삐용이다.

그는 절벽 위에서 파도를 응시하며 탈출을 꿈꾼다. 야자열매를 바다에 던져 파도를 관찰하는 중에 우연히 섬에서 멀어지는 조류를 알아낸다. 일곱 겹의 파도가 섬을 향해 밀려오는데 마지막 일곱 번째 파도가 오면 섬으로부터 빠른 속도로 멀어지는 물살을 발견한다. 마침내 야자열매가 가득한 포대를 안고 절벽 아래로 뛰어내려 섬을 탈출하는 데 성공한다. 그리고는 "자유를 향한 조류"라고 외친다.

죽음의 물결이 한몫을 하여 영화가 해피엔딩으로 끝이 난다. 거센 물결이라는 격조(激潮)를 의미하는 해류. 하루 가운데 어디서 어떻게 나타날지 모르는 파도의 습격. 순간 죽음의 공포로 휘몰아치는 물숨. 이안류(離岸流)이다.

인생의 바다에도 파도가 끊임없이 일렁인다. 어른이 되면서부터 내내 파도가 일었다. 바람의 세기에 따라 나를 쓰러트리고 주저앉게도 했다. 오히려 잔잔한 날들이 많을수록 희망이 없어 불안해지는 나였다. 무슨 일이라도 일어나서 삶의 궁핍으로부터 벗어나고 싶었다. 제자리걸음으로도 자꾸만 뒷걸음쳐지는 게 싫었다.

생의 바다는 넓어 혼자서 헤어날 수가 없었다. 이런 나에게 8년 전 그이의 결단은 몰아친 격류였다. 집안의 살림은 몰라라하던 사람이다. 신문기자로 자존감만 내세우던 이가 청소업을 하겠노라 통보를 해왔다. 자신을 버려야 하는 일이기에 고집스런 자존심을 다치고 당당함만 잃어 좌절할까 봐 걱정할 사이도 없었다. 어느 날 예고도 없이 휘몰아친 파도였다.

나를 단숨에 삼켜버린 그날의 파도가 있어 지금의 유유한 내가 있다. 막막하고 아득한 외딴섬. 그 섬으로부터 지쳐 포기하려는 나를 탈출시켜 준 이안류였다.

(2019. 7.)

양날의 검

옷장을 연다. 눈에 들어오는 옷이 없다. 걸려있는 옷들을 보며 어떤 걸 입어야할까 고민한다. 한참을 쑤석거려 골라 입고 나서는데 또 선택의 기로에 놓인다. 무엇을 신을지 망설이게 된다. 신발사이를 오가던 눈길이 멈춘다. 이제야 외출준비가 끝났다.

차에 올라 운전대의 방향을 잡는 일로 이어진다. 약속장소로 가는 여러 갈래의 길 중에서 머리에서는 재빠르게 결정을 내려야 한다. 깨어있는 내내 선택을 강요받는다. 알게 모르게 살아가는 과정에서의 고민은 연속이다.

어떤 일을 결정하기 어려울 때, 생각에 지쳐 더 이상 어쩔 수 없을 때는 자포자기의 심정으로 동전점을 치기도 한다. 앞면과 뒷면을 정한 뒤에 던져서 나오는 면에 따라 결정하는 것이다. 갈림길에서 한 쪽을 택해야할 때면 많은 생각들이 앞을 가로선다. 어디로 가야 할지 몰라 서성이다보면 시간만 흐르게 된다. 이렇듯 막연해지면 가끔 운에 기대고 싶어질 때도 있다.

인생에 있어서의 선택은 양면의 얼굴을 하고 있다. 익(益)이 있으면 한쪽에서는 실(失)이 있는 법이다. 동시에 부드러운 날과 날카로운 날을 가지고 있다. 어쩌면 그 날은 받아들이는 사람에 따라 많은 차이가 생긴다. 똑같은 칼날에 찔려도 곪아 상처가 깊어져 병이 되는 사람이 있고 약이 되어 딛고 일어서 도약하는 사람이 있다.

삶에 붙어사는 선택이라는 명제를 종일토록 따라다니는 스트레스가 있다. 단점과 장점을 가진 검이다. 단점으로는 두통을 동반하고 화를 가져온다. 오랜 시간 몸과 마음을 망쳐 큰 병을 가져올 수도 있다. 끝까지 타협하지 못하면 부정적이 되어 사람을 무기력하게 만들어 허물어뜨린다.

장점은 자신의 에너지로 만들면 제 아무리 지독하더라도 풀이 죽는다. 오히려 몸에서는 이기기 위한 방어수단으로 코르티솔을 배출시킨다. 외부자극에 맞서 대항하도록 신체의 각 기관에 더 많은 혈액을 방출시켜주는 스트레스 호르몬이다. 처음의 긴장감이 흥분으로 변하여 도전하게 만든다.

3년 전에 교통사고가 크게 났다. 내 실수로 상대방의 차가 많이 망가지고 내 차는 폐차를 했다. 처음 있는 일이라서 놀란 가슴으로 집에 돌아와 몸져누웠다. 한 시간 동안을 사고처리에 시달려 온통 머릿속이 엉켜 두통이 왔다. 경제적인 손실은 얼마인가. 걱정과 불안으로 가슴이 뜀박질해 댔다. 그이에게 무어라 해야 할지, 당장 출근이 염려되어 막막했다.

얼마를 누워있자니 이런다고 달라질 게 아무것도 없다는 생각에 도달했다. 이렇게 가슴앓이 해봐야 병만 날것이었다. 퍼뜩 자리에서 일어나 오후에 가기로 했던 품바축제장을 갔다. 저녁에 그이와 맞닥뜨려 해결하면 될 일이었다. 사고는 마음에서 밀어내고 분위기에 젖으려 애썼다.

여느 때라면 한동안 앓아누웠을 일이다. 병이 나지 않았으면 다행이었다. 소심한 성격에 걱정도 사서 하는 내게 이런 대담함이 어디서 나왔는지 모르겠다. 내가 나의 새로운 모습을 본 순간이었다. 날카로운 날로 계속 찌르게 두었다면 어땠을까. 아마 화가 깊어져 우울함에 갇혔으리라.

그때 나를 토닥인 건 긍정이었다. 선택은 사는 동안에 떼려야 뗄 수가 없는 관계다. 그 검을 어떤 날로 받아들여야 할 것인지는 자신에게 달려있다. 지금도 부정과 긍정 사이를 하루에도 수없이 오간다. 사용하기에 따라 득이 될 수도, 해가 될 수도 있는 양날의 검을 늘 쥐고 산다. 이제는 그 검을 잘 쓸 만도 하건만 선택은 여전히 어렵다.

찻집에서 마실 차를 두고 머뭇거리고 있다. 이건 살아있다는 생생한 증거일터, 또 다시 고민에 빠진다. 감미로운 카페라테의 짙은 유혹에 흠뻑 녹아들어야겠다.

(2019. 10.)

그래도 가을이 오고 있다

여름이 간다. 폭염의 기승도 잠시, 어느 해보다도 지루한 장마로 유난히 많은 비를 뿌렸다. 비는 잦은 태풍과 가세하여 마구 세상에 폭력을 휘둘렀다. 사람들은 자연의 힘 앞에 저항도 못한 채 속수무책이다. 기어이 사람들을 쓰러뜨려 넋을 놓고 있는 틈을 타 훌쩍 떠나고 있다. 곳곳에 수마가 할퀴고 간 자리의 상처가 긴 한숨으로 남는다.

한숨 속에는 물에 잠겨 허물어져 가는 집을 보고만 있어야 하는 사람들의 시름이 들어 있다. 복숭아가 온통 널브러져 있는 밭에 맥을 놓고 주저앉았다는 지인의 애간장도 녹아있다. 한 해의 땀이 밴 논밭이 한순간에 쑥대밭으로 변했다. 가을의 결실을 기대하고 부풀어 오른 농부들은 좌절한다. 엄청난 변화 앞에 누구인들 의연할 수 있을까.

온갖 횡포를 다 부리고 세상을 휩쓸던 여름이 백로(白露) 앞에 시르죽는다. 매몰차게 빠져나가는 여름의 끝. 한숨소리가 깊어질라

멈칫거림도 없다. 초가을 바람이 서둘러 여름을 휘휘 몰아낸다. 코로나로 만연한 시국의 거리두기로 제대로 명절을 쇠지 못할 노인들의 한숨이 한데 섞인다. 자식을 못 볼 서운함이 오죽하랴. 이래저래 탄식만 깊어가는 요즘이다.

울울해지는 나를 달래려 오랜만에 산책길을 나섰다. 자주 나가던 음성천이지만 오늘은 운동이라기보다 산보할 요량이다. 천(川)의 물이 보기 드물게 맑다. 그 요란을 떨고 지나간 뒷모습이라기엔 믿고 싶지가 않다. 깨끗하고 청청한 물소리가 그리도 무서운 수마였다니. 자연의 너그러움도 지나치면 폭우, 폭염, 폭풍 같이 변하는 이치를 받아들여야 함에 숙연해진다.

천변을 걷다보니 수런수런 말소리가 들려온다. 그쪽으로 고개를 돌리자 딱 마주친 사과에 시선이 고정되었다. 빨갛다. 빨간색이 반가워 혼잣말로 아는 체를 한다. 거친 바람에도 가지의 손을 놓지 않고 견뎌준 인내의 색, 주구장창 내리는 비에 일조량이 턱없을 텐데도 익느라 최선을 다해야 얻어지는 색. 너무도 기특하고 대견하다. 그리하여 주인에게 희망을 안겨주는 사과가 얼마나 고마운지.

사과는 흔들어대는 바람을 향해 있는 힘을 다해 버텼으리라. 떨어지지 않으려 안간힘을 썼을 게 뻔하다. 가을에 제 몫을 하려 햇볕을 놓치지 않고 빨아들였으리라. 견디고 참아내 열매가 된 단 사과가 사랑옵다. 사람들의 손길이 바쁜 과수원의 풍경을 하뭇하게 바라다본다.

가만, 사과 한 알에 우주가 담겨있다. 견디는 일은 이미 겨울부터 시작되었을 터. 표피에 닿는 추위를 사력을 다해 이겨내야만 꽃을 피울 수 있다. 꽃으로 머무는 화려한 시간은 짧다. 순간이다. 아프게 열매를 맺어 크기를 키우노라면 어김없이 고난이 닥쳐온다. 병이야 부지런한 주인이 막아주지만 무조건 인내로 버텨내야할 때가 있다. 비와 바람을 뚫고 고된 계절을 겪어야 제 철을 맞는다. 그제야 고운 빛의 사과가 된다.

사과 안에는 나의 우주도 들어있다. 유년시절부터 중년에 이르기까지 삶의 고비를 견뎌내야 했던 시간들이 보인다. 아무리 죽도록 힘들었던 여름일지언정 참아내면 가을이 오는 법임을 우주는 일깨워준다. "인내는 쓰되 열매는 달다"란 루소의 환청이 던지는 위로도 달달하다. 끝없이 참고 포기하지 않아 닿은 이 지점. 건조하던 내 안에도 행복이 촉촉하게 스며들고 있다.

이젠 괜찮다. 살만 하면 되었다. 불행에게 당당할 수 있고 행복이 무엇인지 감이 오면 된 것이다. 기쁨이 지나쳐가지 않고 나를 발견한 것만으로도 감사한 일이다. 아직은 사과처럼 보여 지는 건 없다. 그렇다 해도 내일의 꿈을 꿀 수 있어서 좋다. 그러다보면 나의 우주도 쓴 인내에 대한 단 열매로 답해주지 않을까.

(2020. 9.)

눈물 한 방울

휴일 날, 잔잔함을 깨우는 거센 파문이 몰아친다. 뜨악한 소식이 하루의 평화를 순식간에 깬다. 코로나 확진자가 우체국에 다녀가서 역학조사중이라는 전화 한 통에 모든 일상이 일시 정지가 된다.

사무실의 CCTV를 돌려 확인한 결과 제일 가까이에서 그 사람을 응대한 나였다. 주위에 일어나는 일들이 남이 아닌 내 일임을 실감한다. 혹시나 미심쩍어 그대로 있을 수가 없다. 내가 많은 사람들에게 폐를 끼치게 될지도 모르기 때문이다.

보건소를 찾아 검사를 받았다. 긴 면봉이 코로 한없이 들어가 그 끝에 닿는다. 코끝이 찡하니 질금 눈물이 난다. 나만 생각했더라면 귀찮다는 생각에 증상이 나타날 때까지 기다려 볼 일이었다. 혼자 사는 세상이 아님을 아는 순간, 눈물로 시큰하다. 결과가 나오기까지 기다리는 마음은 내내 지옥이다.

만약 사무실과 가족, 방문한 식당, 마트까지 연쇄로 피해가 간다면 이를 어찌해야 할까. 걱정은 온통 공포의 그림자를 드리우고 있다. 보건소로부터 날아든 음성이라는 문자는 평화의 메시지다. 다행이다. 저절로 감사의 기도가 터져 나온다.

5인 이상 집합금지로 가족들과의 만남도 갖지 못하는 요즘이다. 아들이 있는 서울이 먼 나라인 것만 같다. 본지 오래다. 생이별이 따로 없어 전화로, 문자로 자주 안부를 물어도, 보고 싶은 마음은 갈증이 난다. 접촉이 접속으로 바뀐 작금의 디지털 온라인상의 만남을 탄타로스의 갈증이라 하던가.

탄타로스는 본래 제우스의 아들로 신의 사랑을 독차지한다. 이에 오만해져 신들을 시험하려 한 죄로 신으로부터 노여움을 사게 되어 벌을 받는다. 그를 무릎까지 잠기는 물속에 꼼짝 못하도록 세워 둔다. 바로 코끝에는 먹음직스런 과일이 달린 나뭇가지가 있다. 목이 말라 물을 마시려고 허리를 굽히면 물은 금세 땅 밑으로 빨려 들어가 마실 수가 없다. 과일을 따먹으려고 손을 뻗치면 나뭇가지는 바람에 날려서 높이 올라간다. 이렇게 눈앞에 보면서도 영원히 시달린다는 굶주림과 갈증에서 나온 말이다.

바로 눈앞에 보고 싶은 사람의 얼굴이 있고 목소리가 귓전에 울린다. 만나서 부둥켜안으며 토닥여주고 싶다. 그런데 손가락 하나도 접촉 할 수가 없다. 사랑과 참회의 눈물이 메마른 사막에 살고 있는 듯한 우리가 지금 느끼고 있는 이 갈증은 코로나가 부리는 악마의 주술이다.

혼자 맞설수록 기세가 더 커지는, 함께여야만 뒷걸음질 칠 줄 아는 바이러스의 저주다. 두렵다고 꽁꽁 숨으면 더 낮본다. 좁은 공간에 갇혀 지내는 답답함이 폭력으로 변하여 우리를 괴물로 만들지도 모른다. 지금은 서로를 배려하고 이해하는 눈물이 필요한 시기라고 이어령 교수는 말한다.

이제 자신을 위한 절제와 이웃을 향한 그리움을 나로부터 빠져나와 남에게로 눈을 옮겨놓아야 할 때다. 소득이 줄어 힘들어하는 사람들을 위한 안쓰러움의 눈물. 밤낮으로 봉사하는 의료진들에게 보내는 감사의 눈물. 직업을 잃고 좌절하는 이들에게 보내는 희망을 전하는 위로의 눈물. 요양원의 노인들이 자식을 보지 못해 애타는 마음에 보내는 안타까움의 눈물. 남을 위해 흘리는 눈물 한 방울이 탄타로스의 갈증을 풀어주고 코로나 악마의 주술을 풀 주문(呪文)인 것이다.

(2021. 1.)

비등점

찻물을 올린다. 잔잔하던 물이 요동을 치자 커피포트의 주둥이로 뿌연 김을 내뿜는다. 기체로 변하는 순간이다. 물에 열이 더 가해지면서 물은 이미 물이 아니다. 허공을 향해 치닫는 수증기가 된다. 99℃에 1℃가 더해져서 100℃가 되어 물이 끓는 지점. 비등점이라고 한다.

물이 끓었으니 제 역할은 끝난다. 기다리고 있던 머그컵에 물이 부어지면 커피가 그윽한 향을 피워 올린다. 세상 좋은 향이다. 또 비등점에선 와삭대던 채소가 풀이 죽고 제아무리 딱딱한 갑옷으로 무장한 밤알도 말랑말랑 익는다. 뻣뻣하던 식감이 한없이 부드러워진다. 물은 열이 닿으면 99℃의 임계점을 넘어서야만 기체로 승화한다.

사람에게도 비등점이 있다. 밋밋하던 인생에 성공을 향한 질주는 1℃를 채우는 일이다. 그리하여 더 높은 곳으로의 비상을 꿈꾼다. 목표를 위해 전력을 다하는 젊은이들. 중도에 포기하는 이들이 많아도 자신과의 인내심과 사투를 벌인 그들이 마침내 비등점을 넘어 끓어오를 때의 쾌감을 무엇에 비할 수 있으랴.

넘치는 열정이 부럽기도 하고 좋아 보인다. 그들이 1℃를 채우기까지의 과정에 찬사를 보낸다. 수없이 자신을 추슬러 세웠을 것이기 때문이다. 부모의 욕심을 채우기 위해 아들에게 1℃를 올리라 다그치진 않았는지 되돌아본다. 스스로 끓어오르지 못한 후회를 강요하지 않았는지 나를 들여다본다.

오늘까지, 그 지점을 넘어본 적이 없는듯하다. 늘 99℃의 임계점에 머무를 뿐이다. 감정도, 슬픔 앞에서도, 사랑 안에서도 그곳에서 있다. 무슨 일에 미친 듯 매달려보지도 않았다. 사람과의 관계에 깊이 빠져 허우적댄 기억도 나질 않는다. 그래서인지 유난히 친한 사람도 없고 특별히 가깝게 지내는 사이도 없다. 그렇다고 적을 둔 이는 더 없다. 누구와 다툰 적도 없이 고요한 하루하루의 연속이다.

젊었을 때는 이런 내가 싫었다. 미지근한 성격이 마음에 들지 않았다. 소극적이어서 사람들 앞에 나서면 떨리고 겁부터 나곤 했다. 이런 나에게 혼자 있는 시간은 오롯이 나를 바라보아 좋았다. 생각을 키운 그 시간이 있었기에 이렇게 글을 쓸 수 있게 된 것 같다.

사람에게 있어 비등점은 두 가지 얼굴이다. 감정에서는 끓어 넘치면 상대에게 가시와 무기가 된다. 분노를 참지 못해 폭발하고 화를 이기지 못하여 돌이킬 수 없는 일로 번진다. 분노조절장애는 현대인의 무서운 병이 되었다. 아무 상관도 없는 이들에게 행해지는

'묻지 마 폭행'은 무방비에서 겪는 공포다. 사랑을 변질시켜 연인 폭행도 점점 늘어나고 있다. 나를 이겨내고 한발 물러서서 임계점에서 멈출 수 있는 지혜가 필요한 요즘이다.

오십을 훌쩍 넘긴 이 나이에는 절제가 필요할 때다. 자신을 다스릴 줄 알아야 한다. 때로는 감정도 숨기고 자식에게 서운함을 다 표현해도 안 된다. 잔소리가 되지 않도록 말을 삼켜야 한다. 한해만 같이 살 것도 아닌 중년의 우리 사랑도 그렇다. 너무 끓어오르지 않고 식지만 말고 뭉근하면 된다. 그래야 나이를 잘 먹어가는 것이 아닐까 싶다.

져가는 해가 서녘 하늘을 붉게 물들이고 있다. 저렇게 기울어가는 석양이 나의 모습이지만 1℃를 아쉬워하지 않는다. 후회도 없다. 끓어올라 날아오르지 않아도 괜찮다. 비등점에 다다르지 않아도 지금 이대로 충분하다. 내가 서 있는 여기가 좋다. 목하 내가 행복하면 된 것이다.

(2021. 11.)

까막눈

에잇, "그게 왜 거기서 나와!"

당황스럽다. 내가 지금 무얼 본 건지 믿기지 않는다. 쓰레기통에서 나오는 그이의 손에 반지가 들려져 있다. 기어코 그이가 나서서 심란했던 사태가 끝이 났다. 소마소마하던 마음이 가라앉자 멍해진다. 늘 두는데 잘 두었다고 생각했는데 이렇게 생뚱맞을 수가. 가슴이 철렁 내려앉는다. 하마터면 쓰레기와 함께 버려질 뻔한 상황이었다.

이 반지는 결혼 30주년을 기념하여 사준 반지다. 녹록하지 않은 살림을 잘 꾸려내 준 긴 시간에 대한 보상의 의미였다. 처음으로 값나가는 것을 끼워보기에 애지중지하던 터였다. 집일을 해야 하는 시간부터는 고이 모셔둔다. 이런 데는 일을 할 때 걸리적거리기도 하지만 물때가 낄까 봐서다.

일을 끝낸 뒤 씻고 나와 우연히 눈길이 갔다. 당연히 있어야 할 반지가 없다. 분명 거기에 놓았는데 보이질 않는다. 기가 막힐 노릇이다. 어디 있겠지 하던 마음은 나오지 않자 점점 더 불안이 커져 간다. 서서히 천불이 지펴진다. 속이 화끈화끈하다.

화장대를 샅샅이 뒤졌다. 서랍을 열어 눈에 불을 켜고 보아도, 안방을 다 살펴도 아무데도 없다. 내 행동이 이상한지 그이가 묻는 말에 한소릴 들을 줄 알면서도 어쩔 수가 없다. 반지의 행방이 묘연하다고 이실직고 했다. 그이가 내가 지나간 곳마다 다시 훑는다. 허탕을 친다. 그러다 어떻게 거기까지 생각이 미쳤을까.

그이는 마지막으로 쓰레기통을 뒤졌다. 설마 했다. 설마가 사람 잡는다는 말을 이럴 때 두고 하는 말인가 보다. 반지가 문제가 아니라 끙끙 앓을게 뻔하여 두고 볼 수가 없었다는 것이다. 속앓이를 할 내가 더 염려스러웠다고 한다. 맞다. 그이가 자는 동안 미련스럽게 혼자 밤새 찾아볼 심산이었다.

이런 일은 또 있었다. 길을 가다가 들꽃의 유혹에 못 이겨 꽃을 꺾고 손에 들려져 있던 열쇠는 팽개치고 집으로 돌아왔다. 문을 열려고 할 때서야 비로소 열쇠가 없다는 것을 알았다. 부랴부랴 온 길을 되짚어 가면서 찾아보았다. 여러 번 오고 가고를 했건만 눈에 띄지를 않는다. 결국 똑같은 상황이었다. 그이가 나서고서야 풀숲에서 대번에 발견했던 것이다. 무슨 조화속인지 모르겠다. 시력은 내가 더 좋은데 왜 그이의 눈에 들어오는 것일까. 이런 나를 두고 '까막눈'이라고 놀린다.

그이 역시 까막눈이다. 인터넷으로 물건을 주문하는 일을 못해 나를 볶아댄다. 제주도를 갈 때마다 항공권을 예매할 때에도 성가시도록 조른다. 인증을 거쳐야 하고 여러 가지 입력을 해야 하는 과정이 번거롭다고 싫어한다. 아예 할 생각조차 않는다. 그런 그에게 나도 똑같이 되돌려준다. 컴퓨터 까막눈이라고.

우리는 서로를 까막눈이라고 부른다. 가까이에 있는 글씨를 잘보는 나와 먼데 것을 잘 보는 그. 무얼 두고 찾아대는 나와 금방찾아내는 레이더 손을 가진 그. 물건을 사고 사용설명서를 보려면 막막하여 나를 불러댄다. 귀찮아도 대신 소리 내어 읽어주는 이유가있다. 오늘처럼 구세주가 되는 날이 있으니 큰소리 칠 형편이 아니기 때문이다.

24평의 공간에 두 까막눈이 산다. 지금껏 서로의 부족한 부분을 채워주면서 살고 있었다. 내가 그의 눈이, 그가 나의 눈이 되어주고있었다. 눈과 날개가 하나뿐인 전설 속의 새. 밝은 눈과 힘찬 날개를갖고 있어도 혼자서는 볼 수도, 날 수도 없는 새. 다른 한 쪽을 가진새를 만나야 멋지고 아름다운 새로 변신하는 새. 꿈속에서도 반지를찾아 헤매느라 지친 내 눈앞에 비익조가 홰를 치며 비상하고 있었다.

(2022. 7.)

나무의 비밀

꽃숲. 한숨 멎는, 그 황홀함에 갇혔다. 추운 날에 도도히 꽃을 피운 붉은 동백을 본 바람이 쌀쌀맞다. 나무 위의 꽃에, 땅 위의 꽃잎 위에 서슬 퍼런 날을 세운다. 슬쩍 일으킨 질투에 꽃잎의 춤사위가 곱다. 호접지몽(胡蝶之夢). 꽃이 나인가. 내가 꽃이런가.

들판의 꽃은 그냥 지나치기 일쑤다. 그러나 보잘것없는 꽃도 군락을 지어 피면 같은 꽃이라도 다르다. 망초대만 보아도 그렇다. 한 송이로 볼 때는 예쁘다는 이가 드물어도 무리로 핀 꽃을 보고 모른 채 그냥 가질 않는다. 발길을 멈추어 넋을 빼앗기고 만다. 하물며 동백꽃은 환장할 지경이다.

나무나 꽃은 하나가 아닌 여럿이 모여서 숲이 된다. 서로 키를 다투며 울창한 숲을 만드는 게 보통이다. 그러나 나의 눈을 의심하게 만드는 나무를 보았다. 혼자서 기세등등하게 숲을 만드는 나무가 있다. 넓은 공원 전체를 덮은 나무는 폭군처럼 보이는 게 위세가 대단해 보인다.

영상은 미국의 라하이나 반얀트리공원을 비춘다. 빽빽이 신록으로 무성하다. 멀리서 조명되는 나무에는 실이 길게 늘어져 있어 궁금증을 더한다. 노인의 긴 수염 같기도 하고 커튼을 친듯한 모습이다. 점점 화면에서 눈을 떼지 못한다. 실의 실체가 뿌리라는 설명에 놀랐다. 처음 본 신비한 나무를 직접 가서 보고 싶게 만든다.

이 나무는 뿌리가 땅에 닿으면 힘껏 흙을 움켜쥔다. 사력을 다해 그곳에 뿌리를 박고 자라면서 기둥을 세운다. 수많은 뿌리들이 가지에서 땅으로 내려와 뿌리가 되고 다시 뿌리는 새로운 가지가 된다고 한다. 스스로 옆으로 뿌리를 내려가며 자신의 몸집을 키운다. 주위의 어떤 것도 용납하지 않는다. 모두 고사시키고 만다. 이렇게 계속 커가기 때문에 거대한 나무가 된다. 다른 나무들에겐 폭군인 셈이다. 무시무시한 귀신나무라는 별칭이 붙은 것도 이런 이유에서다.

나무 아래에서는 벤치에 앉아 대화를 나누는 사람들이 보인다. 주말에는 벼룩시장이 서고 다양한 거리공연을 볼 수 있다. 자전거를 타고 돌아다니는 아이들도 눈에 띈다. 어른들의 쉼터가 되고 아이들의 놀이터가 된다. 공원을 그늘로 덮는 숲은 오롯이 한 그루의 나무다. 도무지 믿기지 않는다.

인도의 대표적인 수목으로 황무지의 땅에서 살아남기란 녹록하지 않았을 터. 척박한 땅에 깊이 뿌리를 내리지 못해 지혜가 필요했을 것이다. 한 나무가 커서 뻗어 나온 가지가 다시 땅으로 내려와 무거워진 가지를 지탱해주는 지주대가 된 것이리라. 한 몸에서 수천 개의 뿌리가 나오고 다시 그것을 줄기로 삼아 거대하게 자란 나무의 숲은 공원이 된 것이다.

열악한 환경에서 살아남기 위한 어쩔 수 없는 생존법이었다. 쓰러지지 않고 버티기 위해, 땅 위에서의 균형을 위해 온몸으로 떠받치려는 발버둥이 악명을 얻게 되어 억울할 것 같다. 심술 궂어서도 아닌, 욕심이 많아서도 아닌데 말이다. 약한 뿌리로 바람에 흔들리지 않기 위한 나무의 몸부림이 느껴지는 듯하다. 처절했을 나무의 인내가 아프게 와 닿는다. 반얀나무의 깊은 속성을 알고 나니 미안해진다. 겉으로 보이는 것만으로 섬뜩하다고 했으니 나의 마음 수양은 아직 멀었나 보다.

나무로 향하던 마음이 다시 사람에게로 건너간다. 억척스러운 그녀는 사납기까지 했다. 한 번 맺은 인연을 끊기 싫어 이어온 만남이었다. 독불장군 인양 고집만 센 그녀를 만날 때마다 내가 상처를 받았다. 아프면서까지 굳이 이런 사람을 만나야 하는지 회의가 왔다. 유쾌하고 좋은 사람을 만나도 짧은 인생이라는 결론을 내린 날로부터 그녀를 멀리했다. 그 후로 서로 데면데면한 사이가 되었다.

홀로 아이들을 키우고 살기엔 만만치 않은 세상이다. 반얀나무가 그렇듯 환경이 그리 만들었을진대 몰라주는 내가 오죽 서운했을까. 처음부터 모질게 살고 싶은 사람은 아무도 없다. 그 누가 야리야리한 여자로 살고 싶지 않을까. 말로서 독을 뿜어댄 내가 독한 사람이었다. 나무를 통해 그녀를 알아간다.

사람들은 누구나 아픔을 들키고 싶지 않을 때 자신만의 숲에 숨는다. 그녀가 들어가는 마음의 숲. 오늘은 거기에 내가 있어주고 싶다.

(2022. 12.)

등 하나 밝히며

오늘 밤도 지새운다. 그분 생각을 오래오래 켜 두었다. 밖에는 비가 오는 모양이다. 빗방울이 바닥에 사정없이 내려 처지는 소리로 요란하다. 한바탕 밤의 고요를 산산이 깨고는 성에 찼는지 조용해졌다. 폭포소리가 잔잔한 개울물 소리로 부드러워졌다. 그러다 다시 채찍의 빗소리로 변한다. 걷잡을 수 없는 비의 음률은 진혼곡이 되어 흐느끼고 있다.

일어나 마음 전에 촛불을 올린다. 인연의 끈이 바람에 하르르 나부낀다. 한 영혼을 위한 기도등을 준비해야겠다. 한 수, 한 수, 하얀 꽃잎을 붙이는 손끝이 떨린다. 끝이 없는 구도의 길이었던 삶이었다. 입적에 들어 영영 가시는 길을 밝히는 연민의 등. 부디 가야 할 길을 잃지 않고 잘 찾아갈 수 있기를 소망하는 등을 밝힌다. 알알하여 눈을 감는다. 꽃잎도 하염없이 젖는다.

내게 오던 스님의 법문이 멈춘 것도 뒤늦게 알았다. 그 사이에 아팠다는 것을, 더는 뵙지 못한다는 사실을. 내게 내내 건강하라는 마지막 메시지가 남아있다. 그즈음이면 자신의 건강에 이상 신호를 알았을 텐데 어찌 토굴에 계셨는지. 알고도 마지막을 혼자 오롯이 감당한 것인지. 그러면서도 불자들의 건강을 챙기고 있었던 말인가. 가슴이 먹먹해 온다.

어느 날, 늦은 밤에 전화를 받았다. 스님이라며 남편과 모텔에 와 있다는 것이다. 그이가 술이 많이 취해서 도저히 집에 갈 수가 없다고 했다. 사내들끼리 동침한들 어떠랴. 그러나 이 생뚱한 상황이 당황스러웠다. 스님이 함께 술을 마시고 모텔을 갔다는 말에 비하하는데 걸리는 시간은 잠깐이었다. 나의 말투가 퉁명스러워졌다.

지금 거기로 간다고 장소를 일러 달랬다. 쩔쩔매는 스님에게서 전화를 뺏은 그이가 꼬부라지는 소리를 했다. 자고 갈 테니까 걱정하지 말라는 말을 남기고 전화를 뚝 끊었다. 다음날 그이의 말을 듣고 나의 섣부른 오해임을 알았다. 신도들의 모임에 동석(同席)을 한 새로 온 스님이라는 것이다. 초면에 그이의 술시중을 다 드느라 고생했다고 미안해했다.

며칠 후 초파일 날, 연등을 달고 있는 내게 "보살님, 인사는 터야지요. 우린 구면이죠?" 보자마자 SNS에서 널리 알려진 혜민스님을 닮았다고 생각했다. 그렇게 스님과 처음 알았다. 가끔 일이 있을 때마다 인사를 나누고 법문을 보내오셨다. 거기에 보내는 짧은 답장이 도반의 관계가 되었다. 얼마 되지 않아 멀리 가게 된 서운함이 커 적은 기도비를 보내드리는 것으로 아쉬움을 이었다. 어느 조그만

절에서 토굴로 옮겼다는 소식이 들렸다. 띄엄띄엄 새벽 예불을 마친 법문이 올 때마다 잘 계신다는 안부로 알았다.

혼자 있는 토굴이 오죽했으랴. 무엇인들 좋은 환경일 리가 만무다. 신도들이 많아야 제대로 살피고 챙기었을 터이다. 나 같은 문자로만 오가는 신도는 아무 소용이 없다. 문득 생각이 나서 카톡을 열던 손에 힘이 빠져나간다. 부고문자 보내기가 떠 있다. 그이가 아픈 바람에 잊고 지내는 동안 다시는 만날 수 없는 분이 된 것이다. 나의 힘듦을 털어놓고 위로받으려 했는데 마음이 어디로 가야 할지 길을 잃는다.

촛불이 다 타고 남은 촛농이 나를 보는 듯하다. 뵐 때마다 늘 안쓰러워 마음이 갔다. 무너져버린 이 하얀 그리움. 아픈 연민이 시리다. 이 또한 내 몫이다. 모든 것은 헤어지고 변하며 사라지기 마련이다. 있던 것은 지나가고 없던 것은 돌아온다던 스님. 안부를 전할 수 있는 도반이 있어 좋다 했던 스님. 마음을 다해 넋을 위로해 드리고 싶다. 가시는 길 외롭지 않게 손을 들어 배웅한다. 달빛도 길을 낸다. 영가등이 환하게 하얀 연꽃으로 피어나고 있다.

'스님. 이제, 모든 고통 다 내려놓으시고 편히 가십시오'

극락왕생. 선 중화스님.

(2023. 7.)

남보다를 빼면

아들이 다시 떠났다. 지금쯤 어느 하늘 위를 날고 있을 것이다. 비행기로 15시간을 가야 닿는 도착지다. 먼 거리만큼이나 이제 나의 마음도 조금씩 거리를 떨어뜨려야 하는 시점에 서 있다. 아들에게 짝이 생겼으니 온통 쏟던 마음을 서서히 거둬들여야 할 때다. 휴가로 주어진 시간이 짧아 부랴부랴 혼인신고를 끝냈다. 결혼식은 후에 귀국하면 하기로 한 것이다. 한 달 후면 미국에서 둘이 함께 살 예정이다. 준비도 없이 나에게 며느리가 생겼다. 얼떨떨하다.

아들이 시간에 쫓겨 형님댁에 들르지도 못해서 미안했다. 아주버니도 서운해하여 엊그제 큰집을 방문했다. 얼마 전 실내는 새로 단장했다는 소식을 들은 터였다. 집안이 평소보다 잘 정리가 되어있고 깨끗하다. 대청소를 하는 두 분이 분주해 보인다. 무슨 일인가 싶어 여쭈니 내일 예비며느리가 첫인사를 하러 집에 온다고 했다. 손님 맞을 준비에 법석이어서 서둘러 돌아와야만 했다.

큰집 조카는 아들보다 두 살 아래다. 우연히 비슷한 시기에 결혼

말이 오가게 되었다. 결혼식은 내년 2월에 올린다고 한다. 본 적도 없는 형님께 전화로 "어머님" 하며 서슴없다는 것이다. 형님은 서글 서글하고 시원스러워 마음에 흡족한 모양이다. 첫인사를 왔던 날, 하룻밤을 자고 갔다는 말에 적잖이 놀랐다.

예비 질부(姪婦)는 예상 밖이다. 나를 어렵게 여기는 며늘아기와 는 대조적이다. 한편으로 넉살이 좋은 게 부럽다. 살갑게 굴지 않아 내내 깔려있던 서운함이 더 커진다. 비슷한 입장이다 보니 나도 모 르는 사이에 둘을 비교하고 있었다. 이 어리석음을 어쩌랴. 쇼펜하 우어가 나를 질책하고 나선다.

그는 "모든 불행은 남과 비교하기 시작하면서 일어난다."고 했다. 나의 정곡을 찌르는 말이다. 나를 나로 보면 불행할 이유가 없는데 남보다라는 말이 행복으로부터 멀어지게 만드는 법이다. 남보다 못 나고, 남보다 돈이 없어서, 남보다 배움이 짧아서는 사람을 주눅 들게 한다. 비싼 집에 사는지, 좋은 차를 타는지, 백은 명품인지, 남들과 견주어 보게 된다. 한없이 작고 초라하게 만드는 악성코드 다. 절대 아래는 내려다보지 않고 위만 바라보니까 말이다.

너무 지나치게 시부모를 편히 대하는 예비 질부가 거슬려오는 건 왜일까. 뜬금없이 뽀루지처럼 솟는다. 어른을 어렵게 생각하지 않 는 건 아닐까 하는 노파심이라 할까. 그래, 서로 다른 둘이다. 다름 을 인정하고 나니 또 다른 면이 보인다. 걸리던 마음도 슬슬 풀린다. 편하게 지내자는 말에 "네. 노력하겠습니다." 하고 씩씩하게 대답하는 며느리와 이제는 충분히 좋은 관계가 될 것 같은 예감이 든다.

고부간에 편한 사이가 되고 싶다. 딸이 없어 며늘아기가 한없이 예쁘기만 하다. 거리를 좁히고 싶어도 섣부른 내 욕심이다. 간격을 두는 게 서운해도 시간의 힘에 맡기기로 한다. 마음이 움직여야 하는 법이니 정이 들 시간이 필요하다. 어찌 금방 편해질 수 있겠는가. 생각해 보면 나도 시어머니와 가까워지기까지 한참 걸렸던 것 같다.

어느 래퍼가 방송에서 한 말을 들은 적이 있다. "비교 자체는 해야 한다. 최대한 어제의 나와 혹은 작년의 나와 지금의 나를 비교하라"고 한다. 남들은 저렇게 살았고 나는 이렇게 살아왔는데 다 부질없다. 같은 가족 아래, 부모님 아래 태어난 남매, 자매들도 다른 법이다. 나랑만 비교하라. 그러면 굉장히 행복해진다. 남보다가 아니라 나의 오늘이 어제보다 더 나으면 되는 것이다.

이제 나의 인생에서 남보다라는 말을 빼기로 한다. 나는 나 자체로 며느리 자체로 보면 된다. 타인이 사이에 끼어들지 않도록 나에게만 집중할 생각이다.

(2024. 5.)

3

*

포화 속으로

아들의 여름

까치설날에 비가 내렸다. 비는 봄을 머금고 오는가. 마침 입춘이어서 제대로 이름값을 하는 단비다. 사람들은 비를 반긴다. 대지를 촉촉이 적시고 추위를 몰아가리라 생각하는 것 같다. 이 비가 그치면 아마도 봄이 잰걸음으로 올 것이라 믿는 눈치다.

올겨울에는 눈이 많이 오지 않아서 가물다. 대지가 메말라서 과수들이 갈증으로 수피가 갈라진다고 한다. 농부들은 가을이 되어 수확을 끝내면 일손이 멈추고 마음과 몸이 다 편해지는 줄 알았다. 봄이 올 때까지 쉼표를 찍는 줄 알았다. 겨울에도 목이 말라하는 나무들을 보면서 그들은 애를 태우고 있었다.

춥다고 몸을 움츠리고 있는 나는 얼마나 게으른가. 농부들은 기지개를 켜고 들로 나섰다. 밭에서는 벌써부터 전지를 하느라 바쁘다. 농사가 이미 시작된 것이다. 조용히 추위를 견디던 생명들이 날숨을 내쉬며 깨어나고 있었다. 한 발 더 먼저 봄을 준비하고 있었다.

발을 묶어두는 겨울은 길다. 나에게는 사계(四季)가 없어지고 여름과 겨울로 나누어진다. 나이가 들수록 겨울은 더 늘어나고 지루하다. 해가 갈수록 가속도가 붙어 빨라지는 시간이 겨울에는 더디다. 지쳐갈 때쯤 돌아오는 여름은 쏜살같다.

내 인생의 여름도 그랬다. 어떻게 지나갔는지 시작도, 끝도 모르게 휩쓴 장마였다. 물이 갑자기 불어나 순식간에 쓸고 간 급류였다. 물살을 거슬러 올라갈 엄두도 내지 못한 채 나를 어디로 데려가는지 모르게 혼을 쏙 빼놓았다. 가다듬고 보니 가을의 한복판에 서 있었다. 한때의 뜨거운 정열을 펼칠 사이도 없이 젊음은 가버리고 대신에 거울 속에 중년의 여자가 있다.

그녀에게는 남편과 아들이 한 명 있다. 서른이 된 아들은 아직도 공부하고 있다. 오매불망하는 바라기지만 자주 보지 못한다. 휴일도 제대로 쉬지 못하고 연구실에 박혀 지내느라 시간이 없는 걸 뻔히 알면서 부모를 보러 와주지 않는다고 나무랄 수가 없다. 장성한 자식에게 무엇 하나 해줄 게 없다. 그저 바라보고 있는 것만이 최선이다.

아들은 지금 인생에 있어 여름을 보내고 있는 중이다. 태양이 제일 뜨겁게 내리쬐는 한여름을 견디고 있다. 집안이 넉넉하여 유학을 가는 친구가 속으로 얼마나 부러울까. 제대로 된 뒷바라지가 없어 혼자서 무더위와 정면으로 맞서 싸워야하는 열악한 조건이다. 그래도 불평을 내비치지 않고 꿋꿋이 갈 길을 가고 있는 모습이 흐뭇하면서도 짠하다.

부모로서 좋은 환경을 만들어주지 못해 남들보다 더 고생하는 것 같아 항상 미안하다. 그 미안함에 잠시도 기도의 끈을 놓지 못한다. 늘 아들이 내 기도의 발원이다. 강더위와 싸우며 이겨낸 하루는 쌓여서 그의 인생이 될 터이다. 긴 여정이리라. 바로 앞은 안개가 자욱하여 아무것도 보이지 않지만 가다보면 흐려진 길이 선명하게 제 모습을 드러내리라. 이 힘든 여름을 잘 견디고 이겨내기를 응원하는 것이다.

한낮 햇살의 꼬임에 농막 주위에 있는 농로로 산책을 나섰다. 영상의 기온이 느린 걸음을 하기에 좋은 날이다. 쏟아지는 햇빛이 꽁꽁 언 땅을 무장해제 시켜 녹아내린 길에 발자국이 또렷이 찍힌다. 걷고 있는 나의 시선에 푸릇푸릇한 것들이 들어온다. 검불 속에서 제법 올라와 있는 풀들이다. 2월초인 겨울인데도 새싹에게는 마른 덤불이 봄의 환경을 만들어 주었나보았다.

'요, 이쁜 놈'

추위를 이겨내고 생명의 부활을 알리는 새싹이 대견하여 한참을 들여다보고 있었다.

(2019. 2.)

벌새가 사는 법

벌새가 공중에서 정체비행을 한다. 마치 정지하여 있는 것처럼 보이지만 수없는 날갯짓을 하고 있는 중이다. 날개가 보이지 않을 만큼의 빠른 속도로 날개를 쉼 없이 친다. 사람들의 눈에는 멈추어 긴 부리를 꽃에다 박고 꿀을 빨고 있는 모습이다.

벌과 같이 꿀을 먹고 산다하여 붙여진 이름이라고 한다. 가장 작은 녀석은 몸이 5cm에 몸무게는 2g이다. 어떤 조류보다도 비행능력이 우수하여 지상에 안주하지 않는다. 벌새는 1초에 90번의 날개를 퍼덕인다. 4년이라는 짧은 수명에도 평생 뛰는 심장박동 수는 80년을 사는 코끼리와 맘먹는다. 이토록 애처로운 비행은 작은 몸으로 지상에 널린 천적들로부터 자신을 지키기 위함이다.

이렇게 끊임없는 비행을 위해서는 엄청난 에너지를 필요로 한다. 꽃에서 꽃을 옮겨 다니며 제 몸무게만큼의 꿀을 먹는다. 하루에 천 송이의 꽃을 찾아다녀야 하는 고단한 생이다. 만약 사람으로 친다면 하루에 1300개의 햄버거를 먹어야 하며 심장은 1분에 1,260번 뛰는 셈이라고 하니 놀랍다. 체온은 385℃로 올라 몸은 다 타버리고 말 것이라고 어느 조류학자는 말한다.

어느 날, TV에서 다큐로 〈벌새의 신비〉를 보았다. 요즘 영화인 〈벌새〉가 뜨면서 머릿속에 가라앉아있던 장면이 기억의 수면위로 부상(浮上)한다. 보는 내내 고된 삶의 방식이 딱했다. 끊임없이 날개를 저으며 살아가는 새를 보면서 수없이 발버둥을 치던 내 모습을 보는 것 같아 눈물이 고였었다.

따로이던 둘이 가정의 울타리로 하나가 되어 행복을 꿈꾸었다. 가족은 둘로 시작하여 셋이 되었다. 꿈일 뿐 현실은 냉혹하여 경제적인 사슬이 옥죄어왔다. 초부터 녹록치 않은 살림에 혼자의 힘으로는 벗어나지지가 않았다. 그이는 남이 보기에 겉으로 허울 좋은 사람이었다. 같이 사는 사람에겐 한량이었다.

무던히도 밀려오던 밀물은 왜 그리 버겁던지. 밀물로 온 성난 파도는 썰물로 가야 하건만 계속 밀려오기만 했다. 내가 할 수 있는 일이란 쓰러지지 않기 위해 물을 향해 끝없이 발길질을 하는 것이었다. 그렇지 않으면 강으로 흘러가 방황의 섬에 표류하게 될 테니까.

어쩌면 날기 위한 날갯짓을 퍼덕이던 시간이었는지 모른다. 스무 해를 버둥거려 지친 내 몸이 깡말라 쓰러지려 할 때, 힘들어 포기할 때쯤 숨통을 트이게 해 주는 신의 한수가 보인다. 그이의 한량생활이 끝을 냈기 때문이다. 이제 노동을 하여 신성한 땀의 대가를 보여 주고 있으니 희망적이다.

비로소 나를 옭아맨 끄나풀이 풀리기 시작한다. 두 팔을 벌려 기지개를 켤 만큼 느슨해진 사슬이다. 내 자리에서 이탈하지 않고 묵묵히 견뎌낸 내게 참아서 이런 날이 온 것이라며 스스로를 위로한다. 어쩌면 사슬이 있어 지금의 나를 더 단단하게 만들었는지도 모른다. 긴 시간 동안 참아낸 인내는 앞으로 살아갈 삶에 더 씩씩하게 나를 세우리라.

인터넷을 보다 벌새의 이야기가 눈에 띈다. 안데스 산의 숲에 불이 났다. 모두들 불을 피해 자기의 살길을 찾아 달아났을 때 작은 부리로 물 한 방울을 물어 나르는 새가 있었다고 한다. 왜 떠나지 않았느냐는 물음에 내가 해야 할 몫을 하고 있을 뿐이라는 대답을 했다는 것이다.

벌새는 그곳 숲의 주인으로 살고 있었음을 보여준다. 수처작주(隨處作主)를 떠올린다. 내가 처한 상황에서 어디를 가든 주인 노릇을 하며 살라는 뜻이다. 내 삶의 주인은 나다. 살아가는 과정에서 어떤 어려움도 피하지 말고 당당히 맞서는 사람이 되라는 말씀을 새긴다.

작고 또 작은 몸으로 우주의 비밀을 한 몸에 간직한 채 열정적으로 치열히 살아가는 새. 죽는 순간까지 날갯짓을 멈추지 않는 새. 벌새가 사는 법을 배운다.

(2019. 9)

11월 꽃은 꽃잎을 열지 않는다

들은 스산하다. 바람이 횡한 들판을 머물지 못하고 바로 떠나간다. 가을걷이를 끝낸 빈 논에 돌돌 말려진 볏짚이 가을의 흔적으로 뒹굴고 있다. 꼭 흰 설탕을 발라놓은 마시멜로 같다. 햇살도 사위어 누그러진 걸 보면 소설(小雪) 앞에 주눅이 들은 게다. 가을도 아닌, 겨울도 아닌 어슬한 이즈음이 나는 일 년 중 가장 쓸쓸하다.

바람이 서릿발 같은 독기를 품기 시작하는 것도 이때다. 차라리 겨울이면 추위에 무장이라도 하련만 무방비 상태로 견딘다. 두꺼운 외투를 입기도, 목도리를 두르기도 애매하다. 별로 춥지 않을 거라 생각해 가볍게 입어 떨고 보내는 시기가 있어야 드디어 겨울이 온다.

11월에 핀 꽃도 마찬가지다. 농막의 다른 꽃들은 찬기가 볼기에 닿자마자 순식간에 져버렸다. 오롯이 홀로 견디는 꽃을 보았다. 쌀쌀한 바람에 귓불까지 붉다. 입술 같은 꽃잎을 벌려야 수술이 밖으로 나와 활짝 필 테지만 앙 다물고 있다. 아마도 사투 중인 듯 했다.

얇은 꽃잎이 웅크리고 추위를 견딘다. 안에서는 숨이 막혀 꽃술들이 속살거려도 차마 봉우리를 열지 못하고 있다. 며칠째 그대로다. 바람과 맞설 자신이 없어서인 게지. 여는 순간 꽁꽁 얼어버린다는 것을 알기 때문이다. 처연히 참을 인을 힘껏 수행하고 있다. 한없이 애처롭다.

겨울을 견디라는 가혹한 이름을 가진 인동초(忍冬草). 풀 초자가 붙은 특이한 나무다. 5월부터 피었으니 끈기가 따라올 꽃이 없다. 화무십일홍(花無十日紅)일진대 이다지 피어야만 하는 이유가 있을까. 볼 끝이 시린 서리에도 견뎌야 하는 이름을 가진 숙명의 몸부림인 듯싶다.

고 김대중 대통령의 별명이 '인동초'다. 어떤 악조건에서도 잘 자라는 성질을 따서 붙였다고 한다. 현대사에서 이만큼 격렬한 삶의 풍랑을 몸소 겪은 사람도 드물다. 5차례의 가택연금과 6년의 감방 생활, 두 차례의 망명길. 사형선고에 납치까지 수차례의 죽을 고비를 넘긴 분이다. 민주화 투쟁과 남북 화해 협력을 위해 험난한 시련을 딛고 일어선 투사다. 별명 안에 일생이 고스란히 담겨져 있다.

50여 년간 지속되어 온 한반도 냉전 관계에서 상호불신과 적대관계를 정리하고 평화의 새로운 장을 열었다. 그 공로로 노벨평화상을 수상했다. 고생한 끝이 빛을 본 것임에랴. 〈옥중 서신〉에서도 인동(忍冬)은 고스란히 들어 있다. 전진할 때 주저하지 말며 인내해야 할 때 초조하지 말며 후회해야 할 때 낙심하지 않아야 한다고 썼다.

쉰이 되기까지 초조하게 살았다. 워낙 없이 시작한 살림이어서 나아지지 않는 가세에 하루하루가 불안했다. 천원이 없는 것도 아닌데 양말 한 짝을 사신지 못할 때도 있었다. 이런 나를 피붙이들은 주변머리 없다고 했다. 여유가 없으니 미처 생각이 미치질 못했다.

초조가 불안을 키워 아무것도 보이지 않는 길이었다. 언제 이 안개가 걷힐지 막막했다. 자식을 둔 부모로, 한 가정을 지킬 책임을 가진 내가 할 수 있는 일은 견디는 일이었다. 인내하는 길 밖에는 다른 선택이 없었다. 참아낸 날들이 겨울을 이겨낸 셈이어서 다행이다. 장자크 루소의 "인내는 쓰되 그 열매는 달다"는 말을 피부 속까지 느끼고 있는 중이다.

살을 에는 바람이 인동초 꽃에 머문다. 입술을 꽉 오므린 봉우리에 故 김대중 대통령의 얼굴이 투영된다. 11월의 인동초가 꽃잎을 열지 않는 건 지금 안으로 사력을 다해 인내하고 있는 것이리라. 꽃이 아파 지르는 소리를 안으로 삼키고 있는 것이리라. 순순히 받아들이며 결코 초조해하지 않는 모습이다.

인동초 넝쿨 하나가 내내 마음을 휘감고 내 척박한 땅으로 밀고 들어온다.

(2019. 11.)

내 안의 사막

사막에 가고 싶다. 가도 가도 모래언덕만이 끝없이 펼쳐진 그곳에 빗살무늬를 그리는 바람을 만나고 싶다. 그 위에 발자국 무늬를 찍고 싶었다. 아무도 가지 않은 길인 듯 처음 길을 내어 보았으면 했다. 거기서 철저히 혼자가 되는 꿈을 꾸었다.

어느 시인은 사막에서 너무도 외로워 자기 발자국을 보고 뒷걸음질로 걸었다고 했다. 훗날, 그때 느낀 외로움은 너무도 만으로는 턱없이 부족하다고 했다던가. 그토록 외로워진다는 건 어떤 것일까. 그 깊이를 따라가 보고 싶다. 넋을 놓고 바람의 뒤를 따르면 닿을 수 있는 경지일까.

이왕이면 사막에서 하룻밤을 자보고 싶다. 여행해본 사람들은 하나같이 습관처럼 별을 이야기한다. 그들에게 까만 밤하늘의 별무리가 주는 황홀경은 잊을 수 없는 기억으로 남겨져 있었다. 일제히 쏟아져 내리는 밤하늘의 별빛이 보고 싶어 나는 안달이 났다.

두 얼굴을 한 사막과 대면하고 싶다. 낮과 밤이 전혀 다른 야누스를 한 얼굴이 보고 싶었다. 뜨거운 태양으로 숨이 막히는 낮과 다시 살갗을 파고드는 추위가 달려드는 밤의 이중성을 확인하려 했다. 극과 극을 달리는 기후가 사람들을 지치게 하지만 그래도 실망만을 주는 건 아니다. 위로하듯이 아름다운 일몰과 밤하늘을 선사한다. 오래도록 깊게 각인시킨다. 여행객들에게 저마다의 가슴에 지문으로 남는다. 그것이 사막을 기억하는 이유다.

어느 사이에 사막이 무턱대고 들어섰다. 한 사람을 미워한다는 건, 원망한다는 건 내 안에 사막을 들이는 일이다. 미워하는 마음이 커질수록 온도는 열대야로 치솟는다. 살갗이 벗겨지는 고온은 분노로 끓는다. 점점 건조하고 쓸모없는 불모지의 땅으로 변하고 있다.

사람에 대한 실망이 늘어나고 원망이 깊어갈수록 극한이 엄습해 온다. 태양이 뜰 때까지 추위와 사투를 벌여야 한다. 온 몸이 떨리고 얼음처럼 차가워지는 순간 아주 냉정한 나와 맞서는 시간이 온다. 이어 과녁을 겨냥한 화살이 날카롭다. 시위가 팽팽해질 때마다 텁텁한 모래바람이 인다. 버석버석한 먼지가 사막을 덮는다. 주위의 사물들이 어둠으로 덮인다.

내 옆에는 깜깜하여 아무도 없다. 아무리 소리를 질러도, 그 누구도 보이질 않는다. 혼자다. 모래벌판의 구석구석까지 외로움의 한기가 퍼진다. 한기가 뼛속까지 스며들자 허허벌판은 스스로 만든 감옥이 된다. 짠 외로움이 나의 폐부까지 파고들어간다. 덧난 상처가 또다시 살을 에는 쓰라림을 견뎌야하는 혹독함이다. 밤새 한 숨의 잠도 허락하지 않던 치통보다도 더한 고통으로 온다.

자기에게 버림받은 상태가 외로움이라 했지. 이렇게 나를 버릴 수 없는 일이야. 그러기엔 나는 나를 사랑한다. 지금 있는 그대로의 내가 좋다. 예까지 오느라 고생한 나를, 잘 참아 준 나를 누가 뭐라 한들 어쩌랴. 쓰러지려는 나를 무수히 일으켜 세우며 온 길이다. 누군가 자기의 잣대로 비난할지라도 그것은 그 사람의 몫일뿐이다.

나는 지금 사막의 한가운데에 있다. 삶에 있어서 종종 항로를 잃으면 가족이 있어 헤매지 않았다. 그럴 때마다 나침반이 되어 방향을 찾을 수 있었다. 목하 나침반의 자침이 뜨거운 열기에 좌표를 잃었다. 자꾸만 시침 빠진 시계처럼 흔들거린다. 이 감옥에서 탈출할 통로가 보이지 않는다. 도무지 찾을 수가 없다.

사막에서는 지도가 아닌 나침반이 있어야 길을 잃지 않는 법이다. 아직 한 번도 고장이 난적이 없었다. 나의 나침반을 믿는다. 머지않아 제 역할을 해주리라. 다시 방향을 제시해 줄 것이라 믿는다.

(2020. 7.)

가을의 기도

넓은 삼정 들이 훤하다. 겨울의 서슬을 직감한 가을이 보내는 들판의 팬터마임이다. 다 내어주고 텅 빈 논이 되어간다. 알곡은 사람에게, 몸체는 동물에게 건네고 빈손이다. 자기가 갖고 있었던 것들에 대한 미련을 내려놓고 자연으로 귀의한다. 다음해의 윤회를 담담히 받아들이는 모습이 내 눈에는 순교자가 따로 없다.

봄에 모가 심겨지기 시작하면서 여름의 장마를 견디는 벼를 지켜보았다. 벼는 꽃을 피우고 열매가 열리기까지 들사람들의 발걸음을 들으며 큰다. 그들의 게으름은 잡초가 낱낱이 보여준다. 벼보다 키가 더 잘 커서 대번에 표시가 난다. 어린 시절에 보았던 들바라지는 진즉 자취를 감추었다. 식당에서 배달을 시키거나 직접 가서 먹는다. 기계가 대신 빼앗아간 풍경이다.

아마도 농촌의 인심이 이 풍경이 사라지면서부터 삭막해지지 않았나 싶다. 일꾼이 아니어도 지나가는 사람들을 불러다 함께 나누던 밥. 어느 집 타작하는 날은 동네 잔칫날이다. 일을 쉽게 빨리하는 기계가 장악하면서 사람들이 편해진 대신 이웃과의 정이 메말라갔다.

이런 빈들을 바라보노라면 들밥을 머리에 이고 가는 아낙이 보인다. 막걸리를 채운 주전자를 들고 그 뒤를 쫄래쫄래 따르는 여자아이가 있다. 어린 아이에겐 논둑길이 곡예다. 넘어지기라도 하면 술이 엎질러져 낭패다. 조심하느라 가도 가득하던 주전자가 반만 남아 있다. 그때는 아버지의 핀잔에 주눅이 든다. 아버지는 유년시절부터 아프기 전까지 술을 마시지 않는 날이 없었다. 늘 취해있는 모습이다. 술은 무능력한 지아비를 만들고 자식들에게 원망스런 아버지가 되었다. 그런 게 싫어서 아직도 술을 조금도 먹지 않는다. 아니 배울 생각조차 하지 않았다.

세상을 아무것도 모르는 나이에도 나는 엄마가 답답했다. 엄마는 평생 일도 많이 안하고 술만 드신 지아비를 불평하거나 미워하지 않으셨다. 커서 물어보자 군대 간 셈 친다고 했다. 지금의 나로서는 감히 할 수 없는 생각이다. 사남매를 키우느라 고생스러웠을 텐데 한번 인연 맺은 지아비를 신앙처럼 생각하고 산 사람. 바로 엄마가 순교자다.

이렇게 휑해져 스산해진 들 앞에 서니 술에 절어 계시던 아버지가 아니라 주머니에서 마끼빵을 슬며시 꺼내주던 아버지가 그리워진다. 세 오빠가 눈치 챌세라 몰래 건네준 건 나와 아버지와의 비밀이었다. 입이 짧아 잘 먹지 않는 딸이 측은했던가 보다. 엄마는 밥

한 숟가락 먹을래 아니면 한 대 맞을래하며 매를 들고 밥을 먹였다고 한다. 어려서부터 꽤나 엄마 속을 썩인 모양이다.

　상강(霜降)이 지난 10월의 들은 나에게 비우라고 한다. 좁아보이던 들이 텅 비어 얼마나 넓은 들이 되었는가 묻는다. 내안에 빈틈없이 채워진 남의 생각과 말들이 독소로 가득한지 보라고 한다. 독(毒)이 온 몸에 퍼져 불면과 체기로 시달리는 나를 바라보라고 조언을 던진다. 저 들은 나에게 비우라, 비우라고 채근한다.

　먼저 미움부터 버려라. 그래야 그 자리에 용서가 온다. 비워내야 평온이 찾아올지니 그제야 편해질 수 있다고. 용서는 세상 가장 깊은 기도라고. 가을이 나를 향해 손나팔을 하고 요량히 기도문을 외신다.

(2020. 10.)

바람의 말

오월, 한 자락 바람이 분다. 봄을 저만치 밀어내고 있다. 호수의 물결이 가늘게 떨고 나뭇잎도 의의히 흔들린다. 내게 와 닿는 결이 부드럽다. 이런 바람이 부는 날은 마음까지도 간지러워 누가 유혹을 해오면 금방 넘어갈 것 같다. 봄의 꽃춤을 추던 우아한 춤사위가 드물게 광란의 춤으로 바뀔 때가 있다. 한없이 순해 보이는 바람이지만 더러는 포악한 모습으로 변한다.

센바람이 무섭게 나무를 쓰러뜨리고 폭우를 몰고 와 사람들에게 피해를 입힌다. 또 꽃을 피우게 하고 얼음을 녹인다. 엊그제 채널을 돌리다 본 빙하가 쏟아져 내리는 모습은 장관이었다. 이 광경을 보러 온 관광객들의 환호가 화면 밖의 나와 합쳐졌다. 정작 감탄해야 할 일이 아닌 걱정스러운 일이지만 장엄한 자연 앞에 사람들은 시비(是非)를 잊는 듯 했다.

빙하는 물이 직접 얼어서 만들어진 게 아니라 눈이 겹겹이 쌓여 다져져서 생긴 두꺼운 얼음 층이다. 스웨이츠 빙하는 남극에서 가장 빠른 속도로 녹는 것으로 알려져 있다. 빙하 아래 구멍이 생겨 그 사이로 바닷물이 들어가면서 얼음의 온도가 높아졌기 때문이라고 한다. 구멍은 물이 들어갈 틈을 만들어준 셈이다. 주변의 온도가 높아지면 얼음이 녹는 원리다.

얼음이 신비롭다. 상식으로는 차가운 물이 더 빨리 어는 게 맞다. 뜨거운 물은 식어서 얼기까지의 시간을 계산하면 훨씬 늦을 거라는 생각이다. 따뜻한 물이 더 빨리 어는 이치는 이해가 가지 않는다. 음펨바 효과라는 이론에서 왜 손가(孫家)네가 떠올려졌을까.

시형제는 삼형제로 성격이 다 비슷하다. 급하고 불같아서 감정이 쉽게 달구어진다. 그래서인지 스파크가 잘 일고 금방 식는다. 큰형과 작은 오해가 쌓여 생긴 두꺼운 오해 층은 빙하가 된지 서너 해가 되었다. 농막에서 밭을 사이에 경계를 두고 지내야 하는 게 얼마나 힘든지 말은 안 해도 알고 남는다. 나마저도 자연스레 그런 사이가 되었다. 냉랭한 기류는 넘나들지 못하게 높은 벽을 세웠다.

처음에는 마음이 불편하여 괴롭더니 시간은 차차 무심함으로 변했다. 서로 모르는 남보다 못한 사이가 되어갔다. 각자 밭에서의 할 일을 하면 되고 담 너머에 관심을 끊으니 오히려 편해졌다. 그래도 어찌 마음 깊은 곳의 소요까지 잠잠할 수가 있었겠는가.

어떤 의도였을까. 어느 날, 아주버니는 하필이면 경계에 개를 갖다 놓았다. 매어져 있는 개는 짖기도 하고 악취도 심했다. 그이를 건드려 보자는 심산이었다면 아주 성공적이었다. 키우던 개도 내

잔소리에 없앤 그이가 신경이 날카로워졌다. 옆에서 내가 다독여도 누그러지지가 않는 모양이었다. 참다못한 그이가 드디어 폭발했다.

바람을 타고 넘어오는 개로부터의 역겨운 냄새와 크게 짖는 소리에 불뚝성이 터졌다. 거기를 향해 잔돌을 던졌다. 큰소리가 넘어왔다. 다시 화가 잔뜩 섞인 소리가 넘어갔다. 넓고 넓은 땅을 두고 집 가까이도 아닌 맨 끝에다가 개를 키우느냐는 공격이다. 다시 역습이다. 내가 내 땅을 갖고 내 마음대로 한다는데 무슨 상관이냐는 것이다.

날카로운 날이 서로를 할퀴어 상처를 낸다. 차츰 지치고 무뎌지면서 큰소리도 한풀 꺾였다. 격한 말도 온화하게 돌아선다. 동생인 그이가 먼저 나서서 사과를 던지니 형도 사과로 되돌려준다. 화해다. 마음을 연다는 것이 어디 쉬운 일이랴. 닫혔던 문이 단번에 빗장을 푸는 법은 없다. 틈이 서서히 생겨야 한다. 그래야 얼음이 녹는 법이다.

얼음장 같던 둘의 마음에 샅을 만든 건 시간이지 않을까. 거부할 수도, 멀리 한다고 멀어질 수도 없는 관계의 끈이 흔들릴 때마다 바람은 가만히 기다렸으리라. 드디어 고자누룩한 둘의 간격을 주저 없이 몰아쳤으리라. 그날, 바람이 쾌쾌한 냄새를 싣지 않고 찔레꽃 향기를 얹고 왔다면 평화는 찾아오지 않았을 것이다.

바람은 때로는 흔들리고, 부딪히고, 깨지는 강풍으로 거세게 말을 한다. 폭풍은 나무를 더 깊게 뿌리내리게 만든다는 것을.

(2021. 5.)

그 꽃

　바람의 속삭임을 듣는다. 간지러움을 탄 봄이 메마른 덤불 속에서 슴벅 깨어난다. 샛바람이 칙칙한 세상을 순삭 해 버린 자리에 초록을 입히고 색색의 꽃을 피운다. 순간, 후림불로 번져 만산홍화(滿山紅花)가 된다.

　꽃소식이 전해지면 내 안에도 꽃불을 지핀다. 재터 위로 화화(花火) 타오른다. 지난해 데인 상흔이 문신처럼 박혀 있어 또 데일 걸 알면서도 다시 불을 붙인다. 온 천지가 꽃불로 화해지는 계절. 봄에 홀린다. 감탄하기에도 너무 짧은 찰나의 시간이다.

　꽃 하면 윤여정 배우가 생각난다. 그녀의 초상화가 나에게 강하게 자리 잡고 있다. 먹을 머금은 붓과 같다고 해서 붙여진 이름의 붓꽃을 배경으로 한 몇 년 전 인터넷에서 본 작품이다. 청보라색의 꽃이 우아하면서 환상적인 분위기가 머릿속에 깊이 각인되었다. 첫 느낌이 고고하면서 정갈하여 붓꽃이 주는 청초한 이미지와 너무 잘 어울려 잊히지 않는다.

미술계 아이돌이라고 불리는 문성식 화가의 꽃과 여자라는 작품 중 한 점이다. 그는 다섯 명의 여배우를 연작으로 각기 다른 꽃을 배경으로 초상화를 그렸다. 그런데 하필 왜 붓꽃이었을까. 후에 명예의 오스카상을 받는 기쁨을 누렸기에 마치 미리 예견한 듯 보인다. 꽃말이 기쁜 소식이기에 혼자 해보는 생각이다.

작년 이맘때 아카데미상 수상 할 당시 현지 기자회견에서 한 말에 나는 반했다. "60세부터는 사치스럽게 살기로 했어요." 이 한마디가 나를 사로잡았다. 손가락에 낀 반지 같은 것이 아니라 내가 내 인생을 내 마음대로 할 수 있으면 그게 사치라고 했다. 환갑이 넘어서부터 작품을 고르는 기준도 바뀌었다고 한다. 그전까지는 성과나 결실에 대한 계산이 있었다면 사람만 보기로 했다는 것이다.

그녀는 그냥 사람을 보고 사람이 좋으면, 작품을 가지고 온 프로듀서가 내가 믿는 사람이면 그걸 하기로 결심했다고 한다. 자신을 빛나게 해준 미나리도 대본을 읽지 않고 출연을 선택했다는 것이다. 내공이 없이는 가질 수 없는 생각이다. 꾸밈없고 담백한 성격이 사이다처럼 시원하다. 나이 들어서 이런 매력을 가진다는 건 인생을 잘 살았다는 증거인 것 같다.

늙으면 누구나 다 똑같아진다는 말이 있다. 잔소리가 많아지고 고집이 세지는 법이다. 너나없이 대우받고 싶어 한다. 늙어감을 익어간다는 말로 위로하려 하지만 어디 익어가는 것이 쉬운가. 그녀에게선 설익어 떫은맛이 아니라 농익어 깊은 맛이 느껴진다. 절제된 아름다움을 가진 숨은 매력을 발견한 나는 뒤늦게 그녀의 찐 팬이 되었다.

76세의 그녀가 다시 그림 속에서 붓꽃으로 피어난다. 지긋한 나이에도 꽃처럼 피어나고 있다. 우아하면서 신비스러운 분위기가 꽃과 닮았다. 부드럽고 청초한 꽃잎이 나를 건드린다. 나도 꽃처럼 피어날 수 있을까. 지금부터 내 마음을 내 마음대로 다하고 살 수 있을까. 남은 생 동안 그런 사치를 누리며 살고 싶다.

나에게 사치는 무엇일까. 글을 잘 쓰는 전업 작가도 아닌 내가 부릴 수 있는 최고의 사치는 수필집을 세 권 내는 일이다. 이미 4년 전에 한 권을 냈지만 아쉽고 두 권은 미련이 남으니 세 권이면 좋겠다.

내일모레면 환갑인 나이가 되고 보니 보이지 않던 것들이 보인다. 별거 아닌 것들이 소중해진다.

　　내려갈 때 보았네
　　올라갈 때 보지 못한 그 꽃

　그 꽃을 지금, 눈부신 햇발 너머로 본다.

(2022. 4.)

포화 속으로

비행기가 소리 없이 지나간다. 비행운이 길게 그 뒤를 따라가며 하늘에 선명하게 하얀 길을 낸다. 이윽고 서서히 흐려진 길은 지워지고 흔적도 없다. 마치 걱정을 지우라 말해주는 것 같다. 언제까지 따라갈 수는 없는 일이라고. 아들을 따라나서려던 내 마음이 주춤한다.

미래의 꿈을 꾸면서부터 아들은 우리 곁을 떠났다. 십대 중반부터 쭉 떨어져 산 이유는 공부였다. 충주로 고등학교를 가면서 처음으로 집을 빠져나갔다. 어쩌다 기숙사에서 오면 이때부터 손님이었다. 거기서 굶은 것도 아닐 텐데 신이 나서 잔칫상을 차리듯 음식을 준비했다. 오랜만에 온 집이 편하고 마음이 쉬어갔으면 했다.

첫 학기에는 많이 긴장돼 보였다. 수학 정석책이 너덜너덜해질 정도로 선행학습을 하고 온 친구, 영어로 유창하게 대화를 하는 녀석들에게 주눅이 드는가 보았다. 도시 아이들의 실력이 어마어마하다고 했다. 그들과 겨루어 살아남아야 하는 세계. 치여서 쓰러지고 좌절하면서도 일어나야만 하는 전쟁터임을 눈빛이 말해주었다.

그렇게 치열한 경쟁을 이겨낸 3년이 그를 서울로 향하게 했다. 박사가 되던 날, 죽기 살기로 한 공부였다는 말에 얼마나 짠하던지. 견딘 시간이 말 한마디에 다 담겨 있었다. 누가 강요한 일이라면 포기했을지도 모를 일이다. 부모로서 말없이 스스로 한 선택을 믿어 주길 잘했다.

이제 아들은 다시 또 멀리 떠난다. 이제 비행기로 두 나절을 가야 하는 곳이니 정말 나에게서 빠져나가는 실감이 난다. 내 마음이 복잡하다. 기쁘고 감사할 일이 한편으로는 서운해진다. 집에 자주 오지 않는 것을 두고 우스개로 한 해외동포가 현실이 되었다.

미국, 거기는 넓디넓은 나라다. 각양각색의 사람들이 모여 있다. 문화도 다르고 말도 틀린 이국이기에 벌써부터 별 걱정이 앞선다. 제일먼저 떠오른 게 인종차별이다. 이유 없이 자기들과 다르다고 횡포를 부리는 장면을 뉴스를 통해 여러 번 보았다. 그곳에서 적응하기까지 뿌리를 내리려 몸살을 앓을 것이다. 얼마나 자신을 담금질 해댈 것인가.

공부는 거문고 줄 타듯이 하라는 말이 있다. 거문고는 줄을 지나치게 조여도 안 되고 너무 늘어져서도 안 된다. 적당히 맞추어져야 한다. 뜯는 것도 아주 알맞게 해야 고운 소리가 난다. 욕심을 부리면 줄이 끊어짐을 이즈음에는 알 것이다. 한 번도 외도하지 않고 걸어온 길이다. 그러니 인내가 필요한 수행임을 알 터이다.

우리 부부는 공항에 배웅을 나가지 않기로 했다. 학회를 보낼 때처럼 포닥 과정을 가벼운 마음으로 보내자는 게 그이의 생각이다. 그러나 정작 속마음은 시도 때도 없이 조절이 되지 않는 내 눈물바람을 염려하고 있는 듯했다. 사실은 웃으며 손을 흔들어 보낼 자신이 없다. 가기 전에 함께하는 여행길에서 한껏 나누리라. 작별인사를 내 마음의 온도로 전할 생각이다.

처음, 나를 떠날 때처럼 전장에 내보내는 기분이다. 찔리고 베이는 상처로 아픔을 견뎌내야 하는 곳, 목표를 위해서 나아가야 하고 충동과 맞서야 하는 싸움터, 거기서 원하는 사람이 되기 위해 이겨내야 한다. 여기저기서 포격이 터져 늘 긴장해야 하는 전쟁터. 그 포화(砲火)속으로 아들을 보낸다.

6월의 불꽃이 날아와 능소화를 피운다. 화르르 농막에 등을 밝힌다. 한순간 화려하게 피었다가 이별의 시간이 오면 낙화하여 땅 위에서 시들어 버리는 꽃은, 가장 아름다운 자세로 기다리는 것이 사랑이라는 것을 가르쳐주고 있다. 환하게 돌아올 아들을 기다리는 법을 꽃에게서 배운다.

(2022. 6.)

사막이 아름다운 건

볕이 따갑다. 부지런한 해는 이미 후덥지근한 입김을 쏟아내고 있다. 뜨겁기 전에 서둘러 나왔건만 한걸음 늦었다. 데크로 꾸며진 용산저수지의 둘레길을 걷는다. 자칭 작은 호수가 나를 여기로 이끈다. 바람에 이는 잔물결 위로 내려앉는 햇살이 눈부신 아침이다. 오롯이 나를 만나는 이 시간이 좋다. 운동이라기보다 행사처럼 챙기는 산책이다. 평일에는 시간이 나지 않아 한번 건너뛰면 다시 일주일을 기다려야 한다. 그러면 한주가 얼마나 지루한지 모른다.

오늘따라 강태공들이 많이 눈에 띈다. 아마도 밤샘을 한 듯 보인다. 겁이 많은 내가 혼자 이곳을 찾아도 이들이 있어서 안심이다. 호수를 바라보며 산그늘로 들어간다. 들숨과 날숨으로 사뿐사뿐 발걸음을 옮긴다. 두 팔을 벌려 나비의 날갯짓을 하며 기분이 한껏 부푼다. 나무 사이로 새어든 볕뉘가 날개에 와 살포시 앉는다.

나의 유유자적한 산보를 거슬리는 훼방꾼이 나타났다. 앞에서 날아다니며 눈을 공격한다. 날파리는 원래 사람들의 눈을 좋아하는 것일까. 유독 눈에 잘 들어가는 편이다. 손사래로 쫓느라 여간 성가신 게 아니다. 순식간에 망중한은 사라지고 운동이 되었다. 예상하지 못했던 복병이다.

출근길에서도 종종 복병을 만난다. 길이 훤하여 차가 잘 달리는 중에 동네에서 나온 차가 내 앞에 낀다. 출근길이 순탄하여 다행이라고 하던 차에 태클이 걸린다. 2차선 도로로 시골인데도 교통량이 많아 추월은 엄두를 내지 못한다. 앞의 차가 느린 속도를 내면 나도 그 속도로 따라가야만 한다.

막히지 않아 흐름을 타고 달리다가도 모퉁이를 돌아가면 큰 화물차가 가로막는다. 안전속도 이하로 달려 차들이 밀려 뒤로 줄을 잇는다. 이러면 바쁜 출근길에 몸이 단다. 다 가도록 그 뒤를 따라가다 보면 처음에는 화가 올라왔다. 교통사고가 난 후로는 조금씩 마음이 다스려졌다. 어차피 추월하지 못할 거면 느린 속도도 익숙해지려는 긍정으로 바뀐 것이다. 덕분에 작년 봄에 보지 못했던 복숭아꽃을 올봄에는 지도록 보았다.

지금은 출근길이 아무리 막혀도 마음이 여유롭다. 차가 끼어들 때마다, 별안간 큰 화물차를 만나게 될 때마다 이런 생각이 스친다. '인생의 복병은 어디에나 있는 법이야' 듣는 이 없는 혼잣말을 한다. 나를 향해 던지는 말이다. 삶 앞에 예고 없이 불쑥 나타나 당황하게 하는 장애물은 신이 나를 시험하고 있다는 증거다. 여기까지 살아보니 알겠다.

전에 애벌레가 나방이 되는 과정을 지켜본 적이 있다. 작은 구멍에서 나오려 안간힘을 쓰는 모습이 안쓰러워 구멍을 내주었다. 힘을 들이지 않고 더 쉽게 나온 나방은 무슨 일인지 날지를 못했다. 나는 몰랐다. 스스로 그 벽을 깨고 나와야만 찬란한 나방이 된다는 것을. 어리석은 내가 나방에게 몹쓸 짓을 한 셈이다.

신은 우리가 감당할 만큼의 시련을 준다고 했던가. 사람들은 자신에게 고난이 닥치면 똑같다고 한다. 왜 하필 나에게 이런 고통을 주는 걸까 하고 누구나 거부한다. 그걸 받아들이고 이겨냄으로써 성장을 하게 된다. 고통을 이겨내는 만큼 강해지고 성숙해진다. 어둠이 있어야 빛의 진가를 알듯이 힘든 고통의 시간을 이겨낸 사람만이 밝은 빛을 낼 수가 있다.

"사막이 아름다운 건 어딘가에 우물을 감추고 있기 때문이야." 내가 좋아하는 〈어린 왕자〉에 나오는 명대사다. 지치고 힘든 시간을 견뎌서 사막을 건너보아야만 사막이 아름다운 줄 안다. 인생도 그렇다. 시련을 겪어본 사람만이 그 뒤에 숨어 반짝이는 희망을 볼 수 있는 법이다.

(2022. 8.)

백수가 되었다

누가 그랬을까. 어쩌면 이리도 많이 쌓아두었을까. 저토록 엄청 날 수 있을까. 꺼내도 꺼내도 끝이 날 줄 모른다. 냉장고가 양을 불리는 재주가 있는 것도 아니련만 놀랍다. 684L 냉장고에서 나온 것이라고는 믿을 수가 없다. 이게 다 들어가 있었다니 입이 다물어지지 않는다. 이 사태에 기가 막힐 노릇이다.

무엇인지도 모를 비닐 뭉치가 여기저기서 삐져나오고 있다. 차로 5분 거리에 마트가 있는데 왜 그리 쟁여놓았는지. 꽝꽝 언 고기는 냄새가 나고 맛도 없다. 그걸 알면서 웬 욕심을 부렸는지 모르겠다. 바닷가에 놀러 갈 때마다 사 온 젓갈도 여러 가지다. 세어보니 10개나 된다. 보는 것만으로도 끔찍하다.

다음에 먹어야지 미뤄 두었던 음식들을 과감히 버린다. 찌개를 끓이려 했던 해묵은 김치들을 쓰레기에 쏟는다. 몇 번씩 식탁에 올렸다 내려와 오래된 반찬이 눈에 띈다. 너무 깊숙이 들어있어 잊고 있던 나물은 쉰내를 풀풀 낸다. 울컥 비위가 상한다. 봉투가 금방

찬다. 설거지거리가 넘쳐나도 기분은 좋다. 냉장고가 헐렁해질수록 살 것만 같다.

그릇도 갈아주지 않아 엉망이다. 냄비는 그을려 얼룩얼룩하다. 바닥의 코팅이 벗겨지면 건강에도 해로움을 잘 안다. 그래도 바꾸지 못한 핑계를 마음의 여유가 없어서였다고 둘러댄다. 시간이 나를 옭아매어 현실에 안주하도록 했다. 나를 미개인을 만들었다. 아무도 우리 집에 와서 살림 꼴을 보지 않은 게 다행이다. 얼마나 게으르고 한심했을 텐가. 생각만으로도 부끄러워 얼굴이 붉어진다.

3월에 백수가 되었다. 시간으로부터 자유로워지자 제일 먼저 보인 것이 지저분한 집꼴이었다. 신경이 거슬려 두고 볼 수가 없다. 어느 구석 하나 마음에 드는 곳이 없다. 전부터 냉장고를 열 때마다 숨이 막혔다. 직장에 다닌다는 핑계로 남의 굿 보듯 한 게 원인이다. 휴일에는 볼일을 보러 다니랴, 쉴 욕심에 수박 겉핥기의 반복이 된 탓이다. 오랜 시간이 빚어낸 게으름의 결과다. 냉장고를 비우고 나니 나도 숨이 편해진다.

냉장고를 정리하면서 알았다. 내 속 안에도 버려야만 할 감정들을 쌓아두고 있었다는 사실을. 미움이 곰팡이가 피어 온몸에 악취를 풍기고 있다. 무슨 미련으로 내보내지 못하고 케케묵어 썩도록 원망을 간직하고 있었는지. 안에서 독소를 내뿜고 있는 감정들을 정리한다. 주저하지 않고 버리고 이해로 받아들여야 그 자리에 새로운 감정들이 자리하는 법이다. 사랑, 행복, 믿음. 얼마나 아름다운 말인가.

이제 보니 나는 백수가 체질이다. 헐거워질세라 조여 대던 마음의 나사도 느슨하게 풀어진다. 늘 나를 긴장하게 하고 옥죄이던 구속의 굴레에서 벗어나 자유를 맛본다. 묵은 감정으로부터도 자유로워진다. 나는 자유인이 된다. 신세계가 펼쳐지고 있다.

백수가 되어서야 내면의 나로 귀환한다. 지금껏 나 아닌 다른 사람이 주인이 되어 사는 느낌이었다. 보지 못했던, 가까이에서도 느끼지 못한 관계의 온도를 절감한다. 사람들이 멀리서 다가오고 소원해진 이들이 가까워진다. 사람이 나에게 오고 있다. 감사와 은혜가 함께 온다. 이어 뭉클한 사랑도 올 것이다.

30년. 할 만큼 일을 했으니 제대로 즐길 요량이다. 그이가 아파 앞당긴 백수지만 거기에 연연하지 않는다. 그렇지 않았다면 직장에서 제약을 받아 진료일마다 같이 가주지 못했을 것이다. 함께 병원에 다니고 아픔을 나눌 수 있어 좋다.

마술은 마음속에 있다고 했다. 마음이 지옥을 만들 수도, 천국을 만들 수도 있다는 것이다. 나는 믿는다. 우리가 맞는 계절도 찬란할 것이라고. 긍정의 힘은 막 눈을 뜬 봄처럼 희망으로 우리를 이끌 것이기 때문이다.

(2023. 3.)

4

*

화
양
연
화

비행운

하늘이 깊다. 파도 하나 없는 잔잔한 바다다. 배가 지나며 눈부시게 부서지는 포말들이 따라가듯 하늘에 하얀 금이 그어진다. 꼬리모양의 띠를 길게 늘어뜨려 놓는다. 그리고는 은빛을 내는 작은 비행물체가 내 시선으로부터 소리 없이 달아나고 있다.

이 실선은 처음에는 선명하더니 차츰 옆으로 굵게 변한다. 시간이 지나면서 흩어져 희미해진다. 어느새 흐려진 선은 끝에서부터 지워져 나간다. 비행기가 운항하며 만들어낸 구름. 비행운이다.

이 선을 올려다보고 있으려니 너무 단조롭다. 그어진 선위에 나도 선 하나를 그려본다. 다시 여러 개의 선을 그려 넣는다. 가로와 세로의 조합이 이루어진다. 굵은 선이 있는가 하면 가는 선이 있다. 때로는 직선으로, 또 곡선을 만들기도 한다. 이제 선이 아닌 새로운 면이 생겼다. 꽃으로 피어나기도 하고 나무로 우뚝 서기도 한다. 집이 들어차고 길이 생긴다. 그럴싸한 동양화가 완성된다.

동양화로 펼쳐진 선은 소묘로, 건축으로 이어진다. 이윽고 다리를 놓고 나에게로 닿는다. 그 선은 과거와 현재와의 시간을 잇는다. 이리저리 수많은 흔적이 남아있다. 사람들의 말 한마디에도 음과 양을 달리했을 테고 굵기도 달랐을 것이다. 때로는 직선으로 와 찌르고 가끔은 곡선의 부드러움으로 감싸주어 온 길이다.

어쩌다 날카로운 선이 아파 오래도록 남아 괴롭기도 했다. 넘지 못하여 아쉬운, 넘어서 후회하기도 했을 선도 있다. 삶에 있어 직선만 있다면 버텨내지 못했을 시간들이다. 쓴맛이 입안에 더 세게 남을 테지만 지금 나에게는 단맛이 밍근히 남아있다. 나를 버티게 한 것도 곡선의 힘이라는 증거다.

내 안에 선이 그어짐을 안 것은 사는 게 녹록치 않다는 것을 느낄 때부터였다. 살수록 더 어려워지는 나는 비례하여 늘어나는 선을 본다. 세파에 둥그러졌을 만도 하건만 왜 이리도 직선이 더 많은지. 이 많은 것들을 다 기억해 낼 수가 없다. 누가, 무슨 일로 긋고 갔는지. 지우개로 지워지다만 잘린 부분도 있다. 나이를 먹으면서 작은 선들로 하여 앓는 날이 늘어난다. 이렇게 앓고 나면 나도 바다 속처럼 깊어질 수 있을까.

정작 남기고 간 사람은 남긴 줄을 모른다. 나도 그랬다. 우연한 기회에 지인으로부터 놀랄 말을 들었다. 내가 자신의 글을 파도가 없는 잔잔한 바다라고 표현했다고 한다. 내가 보아도 후벼 판 깊은 선이다. 내내 잊어지지 않았다는 게 당연했다. 전혀 기억에도 없다. 살을 파고드는 올무가 되어 나를 죄어온다. 건방을 부린 후회와 자책으로 뒤늦은 사과를 했지만 그녀에게서 금방 지워지지 않을 것임을 안다. 강하게 각인된 상처였을 테니까.

내가 까맣게 몰랐듯이 하늘에 뿜어지는 꼬리구름을 기장은 모른다. 앞만 보고 운항할 뿐 뒤는 돌아보지 않으니 알 리가 없다. 땅에서 위를 올려다보는 사람들만이 알고 있는 것이다. 숨을 죽이고 빛을 내며 가는 물체가 비행기임을 그어지는 금을 보고 아는 것이다.

어느 날, 고요한 심해에 남겨진 비행운. 긴 시간이 흘렀어도 지워지지 않는 아련한 흔적은 누가 긋고 간 획이었을까. 자꾸만 사라져가는 비행기를 따라 먼 하늘을 쫓고 있다.

(2018. 10.)

로망이 되었다

여자는 나이를 먹어도 여자다. 더 예뻐 보이고 싶은 마음을 죽을 때까지 지니고 산다. 그 본능을 잃어버리면서 여자의 성을 버리고 제 3의 성인 중성(中性)이 된다. 갱년기는 호르몬을 어지럽힌다. 부끄러움을 모르게 되고 고집을 세게 바꾸어 놓는다. 성격은 드세고 이해의 폭이 작아져 퉁명스러워진다.

우유 같은 부드러움이 사라지면서 어느 날부터 화장하는 법을 잊는다. 누구나 염색을 하던 파마머리를 짧은 생머리 커트를 한다. 정해놓은 법칙처럼 말이다. 다 똑같은 모습이 되어간다. 나는 이런 엄마를 보면서 서글펐다.

세월은 나도 비껴가지 않았다. 흰머리는 원래 새치가 많았기에 순명으로 받아들였지만 얼굴의 점도 늘어갔다. 긴 연휴가 이때다 싶어 점을 빼러 병원에 가서 놀랐다. 별러서 갔건만 내 생각과 일치한 사람들이 많았다. 이미 내 앞에 서른여덟 명이 접수되어 있다. 간호사의 녹음된 듯한 지시를 따라 마취 크림을 얼굴에 도배하고 기다리고 있었다.

시간이 흐르자 지루하여 옆 사람의 대화에 자연스레 귀동냥을 했다. 내 앞에 앉아있는 할머니도 나처럼 크림을 바른 채 아직도 멀었느냐고 간호사를 채근한다. 돌아와 앉으며 바쁜 일이 있는지 얼른 가봐야 한다고 투덜댄다. 옆 사람이 연세를 여쭈어보니 91세라고 한다. 더구나 메디폼을 붙이고 서울에 있는 아들네 설을 쇠러 간다고 하니 다들 더 기막혀하는 눈치다.

시간도 많을 텐데 하필이면 오늘이냐는, 그 연세면 그냥 살아도 되지 않느냐며 노망(老妄)을 들먹인다. 그래도 아무 거리낌 없이 당당하다. "내 나이가 어때서"가 절로 떠올려지는 순간이다. 나보다 더 뒤의 순서이지만 너무 오래 기다린 탓에 차례를 양보하지 못했다.

병원을 나오면서 마음이 편치 않다. 아마 몸이 아파서 오신 거라면 먼저 진료를 받게 했을 것이다. 직장 다니는 사람들도 많은데 하필이면 이때 온 것이 얄밉기도 했다. 그러면서도 외모에 신경을 쓰느라 검버섯을 없애러 오신 할머니는 신선한 충격이었다.

누가 할머니를 구순(九旬)으로 보겠는가. 나이로만 보면 다리가 아파서 유모차를 밀고 다니거나 지팡이를 짚고 다니는 노인이다. 그 분은 허리도 꼿꼿하고 걸음걸이도 가뿐하다. 날마다 동네를 돌며 운동도 거르지 않는다고 했다. 혼자서 자신의 관리에 철저하신 분 같다. 젊은 사람들 속에서도 의기소침하지 않는 당당함은 어디서 나온 것일까. 자존감이 아닐까싶다. 저토록 어연번듯할 수 있는 자신감이 하염없이 부럽다.

엄마가 돌아가시기까지 계셨던 요양원에도 치매에 걸린 할머니가 자주 거울을 보는 모습을 보았다. 비록 정신을 놓았을지언정 여자의 본능을 끝까지 붙잡고 있음이다. 사람에 따라 차이는 있지만 오래토록 여자이고 싶었던 것이리라.

나도 생을 다하는 날까지 여자이고 싶다. 거울을 가까이에 두어 자주 얼굴도 매만지고 옷맵시도 살피는, 멋있는 사람을 보면 가슴 뛰는 여자이고 싶다. 이제 나이를 먹는다는 것이 하루하루가 실감나는 중년의 나는 요샛말로 꽃중년을 고집한다. 누가 무어라 해도 나는 미중년이다.

여자의 변신은 무죄다. 그리하여 늘그막까지 아름다워지려는 마음도 무죄다. 쉰에 움츠러들어 존재감을 잃은 나보다 할머니의 용기 있고 씩씩한 모습이 내 안에 지문처럼 남는다. 나이는 숫자에 불과하다는 것을 말해주는 그녀. 망백(望百)의 그녀가 오늘부터 노망이 아닌 나의 로망이 되었다.

(2019. 3.)

화양연화

한낮에 핸드폰이 요란하게 울어댄다. 소리만으로도 행정안전부에서 보내온 재난문자인 걸 알 수 있다. 폭염 경보다. 야외로의 외출이나 일을 자제하라는 주의 문자다. 에어컨이 돌아가는 사무실 안에서는 밖의 온도를 어림하지 못하다가도 이 문자로 얼마나 더운지 짐작이 간다.

저녁에는 더위가 수그러들어 걸을 만하다. 웬만하면 퇴근 후에 한 시간씩 걷자고 나와 약속을 했다. 장마가 지나간 뒤라서 더우면서도 습기가 많은 날이다. 걷다보니 노을이 지기 시작했다. 이런 하늘에 매번 홀린다. 고개를 들어 올려다보다가 시커먼 벌레 떼가 시야에 들어왔다. 어마어마한 행렬이다.

하루살이가 아닐까하여 한참 눈초점을 맞춘다. 가만히 살펴보니 개미군단이다. 개미가 애달픈 혼인비행을 떠나고 있다. 비행은 먼저 하늘을 향해 나는 공주개미의 뒤를 따라 수많은 수개미가 따라 오른다. 이중 단 한 마리만이 선택의 영광이 주어진다. 짝짓기가 끝나면 자기의 생명이 끝난다는 사실을 아는지 모르는지. 가장 강한 짝을 찾기 위해 더 높이 날아가는 공주개미의 뒤를 죽기 살기로 따라가는 듯 보인다.

목숨을 건 비행은 30분간 계속된다. 1억 년 전부터 치러져온 신성한 의식. 힘이 다 빠지도록 전력 질주 끝에 이루어지는 사랑. 생애에 처음이자 마지막인 황홀한 절정을 느낀다. 곡진한 전율이다. 곧 공주개미는 여왕개미로 탈바꿈한다. 그러면 수개미들은 공중에서 무더기로 떨어져 죽는다.

처음 보는 광경이 경이롭다. 개미의 이런 슬픈 사랑을 어려서 알았다면 폭군은 되지 않았을 텐데. 시골에서 자라서 개미를 많이 보았다. 터울이 지는 오빠만 셋인 나로서는 혼자 있는 시간이 많았다. 일찍 학교에서 돌아와 삯일을 간 엄마를 기다리는 게 다반사였다. 그러다 심심하던 차에 나란히 줄을 지어가는 개미떼를 만나면 거기에 푹 빠져 시간을 보냈다. 마당에 쪼그리고 앉아 마냥 뒤를 쫓아도 알 수 없는 미궁속이다.

외롭던 아이는 여럿이 늘어서 가는 개미들이 부러웠다. 친구들과 소풍을 가는 것 같기도 하고 무슨 바쁜 일이 있어 서둘러 가는 모습 같기도 했다. 한참을 들여다보다가 심술이 나면 개밋둑을 손으로 부수고 무리를 흐트러뜨렸다. 개미가 어디로 갈지 몰라 우왕좌왕 하는 게 재미있어 웃었다.

아마도 앞서간 개미가 뿌려놓은 냄새를 따라가느라 한 줄로 늘어서 가는 개미에겐 내가 포악스러운 존재였을 것이다. 행렬을 건드려 놓았으니 방향을 잃을 수밖에 없다. 어쩌다 어른들로부터 개미가 이동하면 비가 온다는 말을 들었다. 소풍가는 전날에 이런 모습을 목격하면 어김없이 난폭을 부렸다. 혹시라도 못 가게 될까봐 억지로 개미들을 해산시켜버리곤 했다.

공주개미는 평생 오직 한 번의 비행을 위해 긴 시간을 기다려야만 한다. 또 단 한 번의 사랑을 위해 날개를 키운다. 그리하여 비행으로 나눈 사랑으로 평생을 견디며 살아간다. 수개미는 또한 얼마나 어리석은 헌사(獻思)인가. 공주개미와의 찰나의 사랑을 위하여 수많은 수와 경쟁한다. 그러다 아찔한 순간이 지나가면 모두 생을 마감한다. 슬프고도 고귀한 사랑이다.

오늘은 개미의 일생에 생각이 쏠린다. 사람의 잣대에 놓고 보면 불행하고 슬프기 짝이 없다. 미물의 목숨을 건 비상이 부럽다. 어쩌면 그들에겐 이때가 인생에서 가장 아름답고 행복한 순간인 화양연화(花樣年華)일지도 모른다.

긴 여름날의 지독한 햇볕을 버텨 이제야 시울이 붉어지기 시작한 내 인생. 조금씩 익어가노라면 나에게도 번득 화양연화가 찾아오지 않을까.

(2019. 8.)

낮달로 머물러

집이 적막강산이다. 꽉 차서 좁아 보이던 집안이 휑하다. 아들은 봄기운을 몰고 와 머물고 갔다. 이틀 동안의 기운이 가족 사이에도 온기로 훈훈하다. 막 서른을 넘긴 아들이지만 내 눈길은 오롯이 그에게 붙박이다. 아직 미래가 정해지지 않은 길을 가고 있기에 더 그렇다.

취직을 하고 결혼할 나이다. 언제 길이 보일지도 모르는, 어디서 내려놓을지도 모르는 짐을 지고가고 있다. 그래도 그 등짐이 버겁다고 투정한 적이 없다. 지금까지 힘들어 그만두고 싶다는 약한 소리를 한 적도 없다. 나약함을 보여주지 않으려는 아들을 알기에 안쓰럽다. 엄마로서 도와 줄 일이 없어져 손을 놔버리니 마음만 자꾸 더 불어난다.

노심초사하는 어미의 마음을 자주 숨겨야하는 나는 넙치를 떠올린다. 넙치는 바다의 카멜레온으로 불린다. 모래와 바위가 있으면 어디에 있는지 찾아내기가 어려울 만큼 잘 숨는다. 또 눈의 위치가 바뀌는 신기한 변화를 일으킨다. 알에서 깨어난 직후에는 두 눈이 양쪽에 따로따로 있다. 차차 자라면서 오른쪽 눈이 왼쪽으로 이동하기 시작한다. 본격적인 저속생활에 들어가면 두 눈이 왼쪽에 나란히 위치하는 변태과정을 거친다. 땅바닥에 납작 엎드려 살기위한 적응 변화인 셈이다.

아들을 향한 관심을 밖으로 드러내지 못한다. 온전히 자신에게 향해있는 걸 알면 부담감이 클 것 같아서다. 잘 하는지 걱정하는 마음도 숨기고 미래에 대한 불안도 감춘다. 그저 들킬까 봐 앞날에 대한 근심을 반가운 표정으로 덮어버린다. 커갈수록 나의 심안은 한 곳으로 몰린다. 아들에게 쏠리는 마음이 한쪽으로 몰린 눈을 한 넙치의 모습을 하고 있다.

어찌 자신도 불안하지 않으랴. 공부는 나와 있는 답이 없으니 답답하리라. 더군다나 물리는 생각만 해도 머리가 지끈거리는 과목이다. 제가 선택한 길이니 불만을 내뱉지도 못할 터이다. 부모가 말을 안 한다고 해서 자신에게 거는 기대감을 모를 리가 없다. 결과를 보여주지 못하는 긴 과정을 은근히 미안해하는 눈치다.

출근길, 올려다본 하늘에 선명한 낮달을 보았다. 이런 광경은 처음이다. 건너에서는 해가 눈이 부시게 빛을 내뿜고 있다. 괜스레 알알해지는 이 기분은 무얼까. 어떤 기억 한 조각이 떠나지 못하고 서성이는 듯 보이는 건 달이 마음으로 헤아려져서인지도 모른다.

어둔 밤을 밝히다 깜빡 잠이 들어 환한 아침이 와 있는지 모르고 있었을까. 어둠이 미더워 떠나지 못했을까. 지난밤의 기억을 지우지 못해 남아 오래도록 되새기고 싶었는지도 모르겠다. 아니, 떨어지기 아쉬운 연인들의 어둠길을 밤새 밝혀주느라 피곤하여 졸고 있었는지도 모를 일이다.

신화에는 옥황궁의 선비와 땅에 살던 처녀의 사랑이 전해진다. 둘의 사이가 너무 좋아 한시도 떨어지지 못하는 사이여서 같이 다녔다. 이를 본 옥황상제가 맺어질 수 없는 둘을 밤과 낮으로 갈라놓았다고 한다. 가끔 낮달이 보이는 건 둘이 몰래 만나는 모습이라니 생각만으로도 아릿하다.

사실 달은 종일 하늘에 떠 있다. 낮에는 태양빛이 너무 강해 가려져없는 것처럼 보인다. 어쩌다 눈에 띄는 시간은 해가 막 떠오르는 아침이나 지는 저녁에 태양빛이 약해질 때다. 오늘은 그 틈을 타 애처로운 사랑을 담은 낮달로 강렬한 해를 밀치고 모습을 드러냈는가 보다.

눈에 보이지 않을 뿐, 언제나 한 곳에 떠 있는 달이 있다. 넙치를 닮은 수수한 스톨계적 사랑을 품은 반달. 거기에 나는 낮달로 머물러 있다.

(2020. 1.)

순례자의 길

순례자들이 오체투지를 하는 모습을 보았다. 보는 것만으로도 눈물이 났다. 차마고도인 티베트 라싸까지 2,100km를 머리와 두 손, 두 발을 땅에 붙여 바닥에 몸을 던지며 간다. 하루에 겨우 6km를 갈 뿐이어서 7개월이 걸리는 대장정이다. 히말라야 4천m가 넘는 산소마저도 희박한 거칠고 험한 길이다. 그냥 걸어가기에도 힘든 길을 오체투지하는 그들을 보는 내내 시큰하여 제대로 쳐다볼 수가 없었다.

오체투지는 자신을 최대한 낮추어 절을 하는 것이다. 절을 하기 전 세 번의 손뼉을 친다. 이는 자신의 몸과 마음, 말을 뜻한다. 세 가지를 부처님께 바치겠다는 티벳 불교의 수행법이다. 눈비가 내리는 극한의 날씨에도 아랑곳 하지 않는다. 가파른 산을 오르고 계곡을 건넌다. 험하다고 해서 절대로 돌아가는 법이 없다.

그들의 이마엔 땅에 부딪혀 생긴 상처가 아물기를 반복하여 피멍이 들었고 무릎에는 물집이 생겼다가 아물어 굳은살로 변했다. 나무장갑을 낀 손바닥에도 전체가 굳은살이 박혔다. 힘이 들면 들수록, 고통이 심해질수록 자신의 죄가 더 많이 씻긴다고 믿는다. 그리하여 고행을 기꺼이 기쁜 마음으로 받아들인다.

지금까지도 잊히지 않는 장면이다. 다큐를 보는 내내 왜 힘든 고행을 자처하는지 시작부터 묻고 싶었다. 인내의 여정동안 그들은 이 세상 모든 중생의 평안을 기원한다. 자신이 아닌 다른 이를 위해 기도할 때 진정한 선을 행하는 것이며 윤회의 업에서 해탈할 수 있다고 믿기 때문이다.

산티아고 가는 길은 오랫동안 알려진 순례의 길로 사람들이 많이 찾는 곳이다. 상처를 잊기 위해, 새로운 출발을 위해서, 또 진정한 자기 자신을 만나고 싶다는 이유로 찾는다. 나처럼 그저 걷는 것이 좋아 찾는다는 여행객도 늘어나고 있다.

여기서 떨어진 서쪽 땅끝마을 피니스테레는 도보 여행자들 사이에 이름이 알려져 있다. 대서양의 망망대해를 바라보는 바위 언덕 위에 올려져 있는 순례자의 신발로 유명하다. 남은 거리를 알려주는 숫자가 0으로 된 표지판으로도 자자하다. 순례지의 끝이라는 의미다. 여기서 전에는 그동안 신고 왔던 신발을 태워버렸다. 과거의 나와 작별하고 새로운 나로 태어나겠다는 장엄한 의식이라고 한다. 지금은 불을 피우지 못하기에 신발 모양을 한 조형물이 그들의 아쉬움을 대신하고 있다.

삼십 년을 한 우물을 판 아들에게 가끔 묻고 싶을 때가 있었다.

공부하기가 좋으냐고. 차마 겁이 나 물어보지 못했다. 행여 싫다는 대답이 돌아오면 이제서 어쩌나 해서였다. 너무 많이 와 버려서 그만둘 수도 없는 길이기에 말이다. 공부생각만으로도 머리가 지끈거리는 나의 눈에는 아들이 순례자다. 엄청 많은 시간을 자신과 외로이 싸웠을 길. 때로는 지쳐 쓰러지기도 하고 돌부리에 걸 채어 넘어지기도 했을 길. 묵묵히 걷고 있는 그 길이 순례 길처럼 고고하게 느껴진다.

이제 끝이 보이는 긴 노정(路程)을 박수로 위로한다. 아들은 0인 표지판을 앞에 두고 있다. 끝을 맺어야하는 올해가 고비다. 하나도 해줄 게 없는 어미의 마음은 타들어간다. 운전을 하면서도, 자다가도 불쑥, 일하는 틈틈이 불거져 나오는 건 오로지 기도뿐이다.

아들의 힘든 길을 지켜만 보아야 하는 동안 연금술사 책속의 한마디가 절실하다. 살렘의 왕 멜키세덱이 방황하는 산티아고에게 속삭인 그 말. "자네가 무언가를 간절히 원할 때 온 우주는 자네의 소망이 실현되도록 도와준다네." 이 말은 내게 최고의 위안이다. 나의 절절한 기도를 아들의 순례 길에 바친다.

(2021. 3.)

돛과 닻

항구에 배 한 척이 닻을 내린다. 물살에 일렁이며 바람을 탄다. 쉬지 않고 달려온 배도 항해로 지친 몸을 쉬고 있다. 먼 바다를 응시하는 선장의 얼굴도 모처럼 여유로워 보인다. 헐헐한 숨을 길게 내뱉는다. 그의 염염한 모습을 지켜보는 아내도 미소롭다.

버블그린호는 10년 전 오늘, 첫 항해를 시작했다. 나침반도 없이 혼자서 망망대해로 나선 그는 이 배의 선장이다. 미심쩍어 하는 아내에게 잘 할 수 있다고 큰소리는 쳐놓고 얼마나 막막하고 불안했을까. 키를 어느 쪽으로 돌려야 할지, 어디에 암초가 숨어있을지 모르는 길이다. 바람을 어떻게 다스려야 하는지 아득했을 것이다.

그때의 바짝 긴장된 얼굴이 아직도 잊히지 않는다. 걱정이 가득한 눈길로 고물대가 보이지 않을 때까지 쫓다가 끝내 눈물을 흘렸던 그녀였다. 그를 사지로 내몬 것 같아서 안쓰러웠다. 재산인양 지키던 자존심을 다 내려놓고 선택한 일이라서 더 마음이 저렸다. 훗날, 자존심을 버리고 자존감을 택했음을 알고 감동했다.

세월을 훌쩍 넘긴 그녀가 소리 내어 운다. 조마조마하던 마음이 봄눈처럼 녹아 눈물로 터졌다. 눈물도 맛이 있다고 했던가. 감정에 따라 맛이 다르다고 한다. 지금 내 눈물은 달달한 맛이다. 버블그린 호의 귀항은 만선의 기쁨을 누리고 있기 때문이다. 선장인 그이와 나는 처음으로 느끼는 희열이 아까워서 아주 조금씩, 천천히 음미하고 있다.

긴 항해의 여정이 어찌 순탄하기만 했으랴. 그이는 청소라는 직업이 편견에 가려 무시당하고 온 날은 잠을 이루지 못했다. 주부들을 상대로 하기에 마찰이 잦을 때마다 힘들어 했다. 원래 청소란 답이 없다. 아무리 깨끗이 한다 해도 트집을 잡으려면 끝이 없는 법이다. 애쓴 노력에 대한 대가는 잔인했다. 한 푼도 새로운 시기에 못하겠다는 선언을 눌러 참는 그이에게 내가 먼저 입을 열었다.

경험은 쌓여 나침반이 되어주지만 아직 초기라 결단이 필요했다. 차마 말 못하는 그이다. 어쩌면 나의 결정이 필요했는지도 모른다. 작은 것은 과감히 버리자고 제안했다. 개인이 아닌 기업을 대상으로 하는 일만 하기로 했다. 벌이는 줄어도 느리게 가기로 한 것이다.

배에는 돛과 닻이 꼭 필요하다. 둘 중에 하나라도 없으면 항해를 할 수가 없다. 한 자리에 머물거나 정착하는 역할을 하는 닻과 앞으로 나아가는 일을 하는 돛이다. 아무리 닻이 올라가도 돛이 오르지 않으면 배는 제자리에 머문다. 또한 돛도 마찬가지다. 저만 올라 활짝 펼쳐도 닻을 올리지 않으면 꼼짝도 하지 않는다.

이렇듯 배는 닻과 돛이 제 역할을 다해야만 제대로 항해할 수 있다. 가족은 한 배에 탄 사람들이다. 선택으로 만난 우리 부부와 선택의 여지없이 인연으로 만난 아들이 모여 맺어진 나의 가족이다. 닻이 되어 흔들리지 않게 해준 그이와 돛이 되어 활짝 펴고 바람을 가르고 나아가는 아들이 있어 여기까지 왔다. 난항을 이겨내며 서로의 소중함을 알아 온 서른 해를 넘긴 시간들. 그렇기에 더 값지다.

버블그린호도, 가족선(船)에도 만선이다. 아들이 큰일을 마치고 소원하던 좋은 소식을 안겨주어 기쁨이 두 배로 왔다. 막대 사탕을 빨아먹듯 아끼며 기쁨을 만끽하고 싶다. 이 사탕이 아주 천천히 녹기를 바라는 마음이다. 입 안 가득 느껴지는 단맛이 앞으로 더 나아갈 수 있는 힘이 되기를 바래본다.

다시 만선을 꿈꾸며 버블그린호가 출항한다. 아들도 새로운 길로 첫발을 떼어 놓는다. 이제 한숨 놓은 아들도, 선장의 얼굴도 미소가 가득하다. 둘을 배웅하는 나도 빙시레 웃는다.

고동치는 버블그린호여! 돛을 높이 올려라. 또 다시 출항이다.

(2021. 6.)

그냥

날씨가 고르다. 바람이 적당한 채 햇살도 알맞게 좋다. 이런 날은 운동보다 산책이 제 맛이다. 청바지에 티셔츠, 그 위에 롱 카디건을 걸치고 나선 길이다. 하늘만큼이나 기분도 구름 한 점 없는 날이다.

음성천을 한 시간 걸었는데도 양이 차질 않는다. 잘 닦여진 농로로 들어서 처음으로 걸어본다. 여기저기 논들이 추수를 끝내고 텅 비어간다. 한쪽 논에서는 신기한 광경이 펼쳐지고 있다. 논 전체가 볏짚이 공룡알로 뒹군다. 이어 차곡차곡 쌓여진 거대한 사탕이 줄로 늘어선다. 그 모습에 혼을 쏙 빼고 지켜보았다.

트렉터처럼 생긴 기계가 볏짚을 삼켜버린다. 삼킨 볏짚을 순식간에 돌돌 말아 원기둥을 만들어 밖으로 토해낸다. 이렇게 만들어진 곤포를 랩핑머신이 마치 음식물을 랩으로 싸듯이 하얀 비닐로 돌려가며 감기 시작한다. 얼마 되지 않아 공룡알이 굴러 나온다. 농민들은 이렇게 부르지만 전문용어로는 사일리지다. 정작 내가 부르는 이름은 마시멜로다. 말이나 소들의 먹이인 사료로 쓰일 귀한 몸이다.

제 할 일을 끝낸 기계가 논을 떠나고 있다. 나도 멈추었던 발길을 다시 농로를 따라 옮긴다. 요즘은 시멘트로 포장된 길이라서 흙 한 자락 밟을 일이 없다. 이게 시골의 메말라지는 정서인 것 같아 짠하다. 나의 발자국 소리에 놀란 메뚜기가 튀어 오른다. 개구리가 뛰어오를 때면 내가 더 흠칫 놀란다. 서로 경기(驚氣)를 주고니 받거니 소요음영(逍遙吟詠) 중이다.

햇살과 바람, 나를 담고 있는 풍경과 이어폰으로 전해지는 음악. 여러 날을 부대끼던 마음이 고요해지고 평화롭다. 더할 나위 없는 은혜로운 시간이다. 마침 걸려온 아들의 전화는 축복이다. 지금 이런 나의 풍경을 전하고 그의 소소한 일상이 나에게로 온다. 안성맞춤의 전화 한 통이 세상을 통째로 나에게 선물하는 것이다.

아들에게 녹음된 듯한 첫마디를 건넨다.

"밥 먹었어. 어디야~?"

"학교야."

"휴일인데 쉬지 않고, 무슨 일 있어?"

"아니, 그냥 했어."

매번 물어도 같은 대답이다. 그 엄마의 그 아들인 셈이다. 쉰 하고도 중반을 넘긴 여자가 물 만나 수다를 늘어놓는다. 자연 속의 나를 실감나게 생중계하느라 장황하다. 봄이면 봄대로, 가을이면 가을대로 철철이 나의 호들갑을 묵묵히 들어주는 서른하나의 아들이다. 바쁘다는 핑계로 끊지 않고 철이 덜 든 나의 들뜬 기분을 받아주는 게 고맙다. 가끔 "이런 소녀감성의 우리 엄마가 좋더라."라고 추임새를 넣어주는 것만으로도 나에게 베푸는 효도다.

아마도 그이라면 감흥 없이 뜬금없다 했을 게다. 철딱서니가 없다고 지청구만 들었을 게다. 고양이 손이라도 빌리고 싶은 사람 붙잡고 무슨 한가한 소리냐며 분명 전화를 끊었을 테다. 괜히 걸어서 본전도 못 찾았다 후회했을 게다.

"그냥"이라는 말이 묘연하다. 안부가 궁금해서 한 것이 뻔할 터. 그냥 했을 리는 만무다. 이처럼 넓고 멀어서 아득한 말도 드물다. 범위가 커서 어디까지가 한계인지 알지 못하겠다. 평범하게 쓰기 쉽고 특별한 생각 없이 쓰기 좋아서 남발하기 일쑤인 말이다. 무언가 이유는 있지만 말이 마음을 담지 못할 때도 쓰인다. 왜, 무엇이, 어디가라는 토를 단번에 굴복시키기도 한다.

또 수천, 수만 개의 의미를 담고 있다. 우연을 가장한 상황을 들켜버리면 얼버무리기 좋은 말. 그리움을 참아내다 더는 참지 못해 한 전화에 어쩐 일이냐는 물음에 다급히 나와 무심하게 들리는 말. '그냥 좋은 것이 가장 좋은 것'이라 했던가. 무관심이기도 하고 짙은 그리움이기도 한 말, 조건 없이 모두라는 의미로도 쓰이는 말 '그냥' 이다.

'Oh! 가을 가을해!' 혼잣말을 해본다. 날씨가 너무 좋아서 어쩌랴, 물위의 물비늘에 내려앉은, 머리 푼 갈대 위로 쏟아지는 은빛 햇살이 아까워서 집에 들어가기가 싫다. 이 순간, 왜 행복하냐고 묻거든 그냥 웃지요. 아는 만큼 보이고 보이는 만큼 사랑하게 되는 말. 그냥 행복하다.

가을의 기도가 충만해진다. 기도문을 오늘님에게 바칩니다. 나를 기억하는 그대들도 그냥 행복하소서.

(2020. 10.)

어쩌다 그는 보스가 되었을까

이때가 좋다. 긴장의 매듭이 느슨하게 풀어지는 즈음. 소요가 가라앉아 마음이 편안해지는 시간. 달콤한 금요일 저녁이 좋다. 요맘때면 그이의 핸드폰이 어김없이 울린다. "사장님, 일 있어?" 대뜸 묻는다. 안 보아도 안다. 주말에 일이 있느냐는 외국인 근로자인 하마드다. 아들 뻘의 그에게 끝에 '요' 자를 붙여야 함을 아무리 가르쳐도 고쳐지지가 않는다고 한다.

그는 이집트인으로 타국인 여기에서도 라마단 기간을 철저히 지킨다. 해가 뜰 때부터 지기까지 금식을 하는 시기다. 일하면서도 점심도 거르고 물 한 모금도 마시질 않아 걱정을 한다. 4, 5월의 볕은 밖에서 일하기에는 더운 날씨다. 땡볕에 쓰러질까 봐 겁이 나 물을 권해도 도무지 뜻을 굽히지 않는다.

맥은 말이 없고 일만 열심히 하는 태국 청년이다. 키가 작고 왜소하여 당차지 못할 거라 걱정했지만 기우였다. 일이 있을 때마다 하루도 빠지지 않고 성실하다. 그는 동생 학비를 벌려는 목적이다.

두 여동생을 대학교에 보내려고 왔다고 한다. 요령을 피울 줄 모르고 묵묵한 그에게 눈길이 더 가는 듯했다. 가족을 위해 희생하는 게 안쓰러워 늘 챙긴다.

몽골의 보기는 덩치가 좋다. 몸으로 하는 일을 도맡아 한다. 곰을 사냥하다가 긁힌 팔뚝의 칼자국 같은 상처를 보여주며 힘을 과시한다. 핸드폰에는 축 늘어진 큰 곰과 찍은 사진이 저장되어 있다. 그이에게 말 두 마리를 준다고 했다는 말은 허세가 아닌 진심이 담겨 보인다.

주말이면 물어볼 것도 없이 고정으로 나오는 인원은 열 명이다. 어디나 그러하듯 일터에는 모두 외국인들뿐이다. 이들은 주중에 공장을 나가고 주말에 인력사무소를 통해 오는 사람들이다. 사업을 시작한 이래 함께 일을 해왔기에 지금은 잘 아는 사이가 되었다. 누가 용접을 잘하고 또 기계를 잘 다루는 이가 누군지 안다. 밖의 일 잘하는 사람과 힘쓰는 일을 맡길 이를 안다.

또 점심시간이면 한바탕 소란스러워진다. 돼지고기 안 먹는 사람이 있고 소고기를 가리는 이가 있다. 한 줄로 세워 메뉴를 정하고 식당을 몇 팀으로 나누어 가는 진풍경이 벌어진다는 것이다. 그러다 보면 정작 그이는 점심을 선찮게 먹게 된다고 한다.

처음에 그이는 인원이 많은 날은 신경을 곤두세웠다. 이제 일꾼들을 다 파악하여 표정만 보아도 기분을 읽어낸다. 이렇게 되기까지 얼마나 시행착오를 거쳤을까. 말도 안 통하고 일도 낯선 그들을 지금처럼 삐걱거리지 않고 잘 돌아갈 수 있게 만들기까지 마음고생이 얼마나 컸을지 그때는 몰랐다.

그들은 다국적 사람들이다. 인도, 태국, 말레이시아, 몽골, 베트남, 이집트, 스리랑카, 네팔, 우즈베키스탄 다양하다. 힘든 노동을 할 만큼 배움도 짧지 않다. 석사 출신이 있고 교사를 하다가 온 이도 있다. 또 은행원을 그만두고 오기도 했다. 지닌 사연도 가지가지다. 그들은 그이를 보스라 쓰고 사장님이라 부른다. 얼마 전 그이는 자신이 보스로 저장되어 있음을 알았다고 했다.

왜 그들은 보스라고 했을까. 이유를 물어보아도 싱겁게 웃기만 한다는 것이다. 엄할 때는 엄하게, 너그러울 때는 아주 너그럽게 대하는 그이다. 오히려 "파더"가 더 어울림 직하다. 삶에 후한 그이는 주지 않아도 될 팁을 과잉 지급한다. 사람이 악착같아야지 무르면 무슨 사업이 되냐고 말하면 대답은 한결같다. 사람을 먼저 얻어야 돈을 얻는 법이라고. 그들이 나에게 돈을 벌게 해주는 사람들이라며 나무란다. 자기 혼자서 할 수 없는 일이기에 서로 더불어 같이 살아야 한다고.

그이가 어른이다. 동갑인데도 그이 앞에선 나는 이렇게 애다. 가끔 밴댕이 소갈머리에 일침을 꽂는다. 두 달 더 늦게 태어난 여파라기엔 파장이 크지 않은가. 늘 한 수 배우며 나이를 먹는 어른이를 어쩌면 좋을까. 조만간 나의 핸드폰에도 보스라고 저장될지도 모르겠다.

(2022. 2.)

사람이 사람에게 기적이 될 수 있을까

　내 안에는 서로 다른 내가 살고 있다. 차분하고 찬찬한 나와 산만하여 덜렁거리는 나. 수줍음 많고 소심한 나와 터프한 내가 극과 극을 이룬다. 사람들은 침착해 보이는 나의 외모를 그대로 성격인 줄 믿는 이가 많다. 꼼꼼히 챙긴다고 해도 빠트리고 다니기 일쑤다. 핸드폰을 두고 출근하는 일은 다반사고 열쇠를 안 가지고 와 다시 3층을 올라가야 하는 일이 잦다. 그럴 때마다 나 자신도 당황스럽다.

　어제도 시간에 쫓겨 서둘렀다. 옷매무새를 마친 뒤 끝으로 시계를 차고 급히 차를 몰아 약속장소로 갔다. 허둥대며 차에서 내리려는데 손목이 허전했다. 내가 생각만 하고 그냥 왔는지 아니면 어디에 떨어뜨린 건지 감이 잡히질 않았다. 집에 있으려니 하면서도 불안한 마음이 가시질 않는다. 장소를 옮기는 틈을 타 가 보았다. 없다. 가슴에 철렁 소리를 내며 파도가 부딪힌다.

　내가 갔던 동선(動線)을 따라 가보아도 보이지 않았다. 차에 있을까하여 아무리 찾아보아도 없다. 아직 일정이 남아있어 그곳으로 향했다. 가라앉는 기분을 간신히 추슬러 표정 관리를 하며 사람들을 만났다. 밥을 먹어도, 차를 마셔도 체기가 돈다. 어찌 수습해야 할지 막막했다.

이 시계는 그이가 아들을 박사로 키워냈다고 사준 것이다. 명품은 처음으로 받아본 G사의 고가 시계다. 애지중지 아끼느라 몇 번 착용해 보지도 못했다. 속상하여 나를 자책한다. 야물지 못하고 헐렁한 성격이 문제였다. 왜 그렇게 어리바리한지 모르겠다. 이런 이력은 상습범이다. 그이가 반지를 찾아준 게 불과 한 달도 되지 않아 또 일을 쳤으니 사고뭉치인 셈이다. 분명 치매까지 들먹이며 무어라 할 텐데 걱정이었다. 그이가 돌아올 시간이 다가오자 철렁이던 파도가 더 세게 부딪혀 왔다.

일을 마치고 온 그이를 붙잡고 다짜고짜 고해성사하듯 이실직고했다. 매도 일찍 맞는 게 낫다고 하지 않는가. 그가 놀라지도 않는다. 이제 자주 있는 일이라서 무뎌진 탓인지 반응이 없다. 내 말이 끝나자마자 바로 부메랑으로 돌아올 핀잔이 웬일인지 조용했다. 바짝 긴장하고 있는 나에게 들려오는 그이의 말에 눈물이 차오른다.

"당신 것이 안될려니까 그렇게 된 거지. 신경 쓰지 마. 내가 다음에 더 좋은 걸로 다시 사줄게."

밤새 잠을 설쳤다. 둘이 건강검진을 받으러 가는 날이어서 아침에 나섰다. 여느 때처럼 비상계단을 내려오는데 눈에 확 들어오는 물체가 있었다. 내 시계다. 반가움에 소름이 돋았다. 속앓이를 하다가 포기한 나에게 기적 같은 일이 벌어진 것이다. 그렇게 찾아도 없던 시계가 난간에 얌전히 올려져 있다. 누군가 주워 거기에 놓았는가 보았다.

꼬박 하루가 지난 지금에 주인인 나의 눈에 띈 것이, 아무도 가져가지 않고 남아있었다는 것 또한 놀랍다. 기쁨은 감동이 되는 순간이다. 아마 관리사무실에 갖다주지 않은 데는 번거로움이 싫어서였지 싶다. 누군지 알았다면 감사의 인사로 복잡해질 상황이 덕분에 깔끔하다. 오히려 나에게는 잘된 일인지 모른다. 직접 전하지 못할 감사의 인사를 어찌할까 고민 끝에 쪽지로 써서 층계 난간에 붙여놓는다.

아무리 힘들고 각박하다 해도 어려움에 처한 사람을 보면 달려가 도와주는 사람이 있고 남을 위해 자신의 몸을 사리지 않고 화마 속으로 뛰어드는 의인(義人)이 있는 세상. 순간 사람이 사람에게 기적이 되는 세상. 온몸에 전율이 인다. 내가 살고 있는 이곳은 아직 살만한, 살아볼 만한 세상임을 뼛속으로 느낀다.

또 오늘로 올 내일이 기대로 설렌다. 어떤 일이 나를 기다리고 있을까.

(2022. 10.)

자기의 이유로

제주살이를 시작했다. 이곳으로 몸과 마음을 이사시키던 전날도 여행가는 날처럼 밤잠을 설쳤다. 요양을 위해 떠나는 길이 마치 유배지로 가는 마음이어서 쉽사리 잠이 오질 않았다. 건강을 담보로 한 제주행은 내가 죄인이 된다. 그이를 이만큼 아프게 만든 것도 나인 것 같아 자책감이 들었다.

어쩌면 그리도 무디었을까. 옆에서 늘 지켜보고 있었으면서도 병을 알아채지 못했다. 분명 전조증상이 있었다. 그이가 종종 피곤하다고 한 말을 흘려 넘겼다. 그 말에 귀를 기울였다면, 눈치를 챘더라면 더 빨리 치료를 받게 할 수 있었으련만. 속에서 곪아 터지도록 모르고 있었으니 나는 방관자였다. 남의 일처럼 무관심했던 죄. 방관죄로 대가를 치를 생각이다.

그이가 무서운 병이라는 걸 알고서도 한 번도 눈물을 보이지 않았다. 그이가 약해질까 봐 겁이 나서 이를 악물었다. 수술실로 들어갈 때도 울지 않았다. 그 앞에서 초조히 기다리는 내게 창밖으로 들어오는 벚꽃은 왜 이리 예쁜지. 꽃잎 위로 부서지는 햇볕에 눈이 부셨다. 너무 고와서 눈물이 났다. 이 꽃들을 보고 감탄을 할 수 없는 내가 슬퍼 울었다. 그이 앞에서 다잡았던 눈물이 꽃 앞에서 속절없이 무너졌다.

1시간 30분 만에 그이가 나왔다. 수술실 앞에는 대기할 수 있는 공간이 없어 복도에서 기다리는 보호자가 없었다. 병원 측에서는 병실에 가 있으라고 했건만 그럴 수가 없었다. 그이는 나오자마자 나 먼저 찾는다. 내 성격을 뻔히 알기에 기다리고 있으리라 생각했는가 보았다. 보자마자 그이의 손을 꼭 잡았다. "여보, 고생했어" 그이의 눈에서 주르륵 눈물이 흘렀다.

백수인 나는 제주살이로 그이의 껌딱지가 되었다. 온종일 붙어 다닌다. 보이지 않으면 오히려 불안하다. 건강이 회복될 때까지 귀찮더라도 졸졸 따라다닐 참이다. 하루의 일과가 산에 가는 것, 좋은 곳에 가서 바람 쐬는 일, 분위기 있는 찻집에서 차를 마시는 일. 둘은 이렇게 제주 생활을 즐기고 있다. 시간이 갈수록 매력에 빠져든다.

제주에서 지내는 동안 처음 들었던 유배라는 생각은 바뀌고 있다. 날마다 보아도 싫증이 나지 않는 섬. 때마다 새로운 풍경을 보여주는 모습에 홀딱 반한다. 암울한 이유도 점점 더 퇴색되어 간다. 볼수록 빠져드는 바다와 갈 때마다 신비로운 산은 나에게 "그럼에도 불구하고"란 화두를 던진다. 순간 안갯속이던 머리가 맑게 걷힌다.

멕시코에는 〈그럼에도 불구하고〉라는 조각상이 있다. 작가가 조각상을 만드는 도중에 사고로 오른손을 잃게 되었다고 한다. 그 누구도 이 작품이 완성되리라고는 생각하지 못했다. 모든 이들의 생각을 뒤엎고 왼손으로 작업을 해 더 훌륭한 작품을 완성했다. 사람들이 작가의 불굴의 정신을 높이 평가해 붙여준 이름이라는 것이다.

아프고 슬프다고 주저앉아 있는 일은 길 없는 숲을 헤매는 것과 같다. 실망하고만 있다면 마음은 수렁으로 빠져 더 힘들어진다. 의사가 퇴원하면서 긍정적인 마음을 가지라는 당부도 이런 의미에서일 것이다. 몸은 마음에 순응하는 법이기 때문이다.

나만의 이유로 이 삶을 사랑하려 한다. 그이에게 싫어, 안 돼라는 부정적인 말을 안 하려는 것도 죗값이라 여긴다. 때로는 케어로 지치고 힘들기도 하겠지만 그것도 사랑이다. 그럼에도 불구하고 나는 행복해지기로 했다. 아픔을 함께 나눌 수 있고 그이에게 의지가 될 수 있는 것만으로도 살아갈 이유는 충분하다.

(2023. 4.)

5
*
존재의 이유

난 오늘 나에게

　문을 열고 들어선다. 한의원에 오기까지는 엄청난 양의 파스신세를 졌다. 어깨가 아픈지 오래다. 직업병으로 생각하며 다들 달고 사는 통증으로 여겼다. 아픈 증세가 목을 타고 머리까지 올라와 두통까지 나를 괴롭힌다. 여기서 버티지 못하고 항복이다. 이제 더 이상 나를 봐주질 않을 모양이다. 파스로 견딜 수가 없는 한계가 온 것이다.

　어제는 퇴근해 오는 그이의 손에 비닐봉지가 들려져 있었다. 그 안에는 파스와 약이 들어 있다. 요즘 들어 그이의 몸 여기저기에 파스가 늘어가고 있는 중이다. 청소업을 하여 고단함을 보여주는 것 같아 시큰해왔다. 나도 파스가 넓게 메우고 있었다. 아픈 곳이 낫는 것도 아닌데 진통이 덜하니 붙이는 것이었다. 서로의 등에 파스를 붙여주며 동갑인 우리는 나이 들어가고 있는 걸 실감했었다. 이렇게 서로를 어루만져주며 깊어가는 중년을 위로했었다.

　자고 일어난 내 몸이 천근이다. 뼈들이 쑤셔대고 머리를 짓누르는 통증은 파스로도 소용이 없다. 의학의 도움을 받아야 할 지경에 와서야 병원을 찾는다. 내가 이토록 미련하다. 진작 치료를 했다면 이렇게 심하지 않았을 일이다.

퇴근을 하고 서둘러 온 길이다. 진료를 받기에는 빠듯한 시간이어서 간호사의 눈치를 살핀다. 그래도 다행이다. 나 말고도 환자가 여럿이라 안심을 하게 된다. 대부분 연세가 있으신 분들이다. 여기저기서 실신음소리가 들려 순서를 기다리고 있는 나를 더 겁먹게 만든다. 공포다.

수십 개의 침이 꽂힌다. 바늘로 찌르는 이 느낌이 무섭다. 내가 여간해서 한의원에 오지 않는 이유다. 다른 선택이 없는 고행임을 알기에 눈을 감고 꾹 참는다. 침이 빠져나간 자리에 또 부항을 뜬다. 부항 컵을 잠시 붙이고 뗀 후의 사혈은 침을 맞을 때처럼 따끔따끔하다. 이 또한 나에게는 두려움이다. 긴장의 시간이 흘러가고 이제 오늘의 치료는 끝이 났다. 목을 타고 올라오던 두통이 좀 진정이 되었다. 침에 기운을 다 빼앗긴 듯 몸이 후들거린다.

얼마나 걸릴지 모르는 기간 동안의 고역을 잘 견뎌내야 한다. 조금 괜찮아졌다고 다시 파스가 유혹할지도 모른다. 느슨해진 내가 꼬임에 넘어갈지도 모르니 스스로 마음을 다잡는다. 시작한 일은 끝을 맺어야 한다는 게 나의 지론이기 때문이다.

집으로 돌아오는 차안에서 내 몸이 측은하다는 생각이 온다. 어느새 이만큼 나이 먹은 게 섧고 뾰족하게 해 놓은 것이 없어 서럽다.

정신없이 시간은 흘러 중년에 와 있고 몸은 한군데씩 고장이 나기 시작하고 있으니 말이다. 곰 같은 주인을 만나 몸이 고생을 한다.

집에 오자마자 쉴 요량으로 집안일을 다 제쳐두고 씻고 나왔다. 수건으로 물기를 닦다가 눈에 선명하게 도장 자국이 들어온다. 등에 하마 입만 한 불긋한 동그라미가 찍혀있다. 부황을 뜬 흔적이다. 보기에 흉하다. 남겨진 상처는 무엇이건 꽃이 진 자리에 말라가는 송아리나, 사랑이 떠나간 자리에 남는 미련도 마찬가지다.

얼굴에 로션을 바르다가 화장대위에 놓여있는 약을 담아온 비닐 봉지가 보인다. 거기에는 피로회복제의 카피가 적혀있다. 글귀와 마주한 순간 거울속의 나와 마주친다. 오늘따라 마른 체구가 짠하다. 저체중으로 사는 나로서는 조금만 일을 해도 지치고 힘들어했다. 늘 피곤하여 워킹 맘으로 산다는 게 힘에 부쳤다. 26년을 한 직장에 잘 다니고 있는 나의 몸이 대견하다.

"난 오늘 나에게 박카스를 사줬습니다." 무심히 보아 넘긴 카피가 봇물처럼 와 닿는다. 질긴 갱년기와 씨름하고 있는 나를 위로하고 싶다. 지금까지 잘 살았다, 장하다는 말을 해 주고 싶다.

"난 오늘 나에게 쓰담쓰담을 해줬습니다."

"난 오늘 나에게 토닥토닥을 해줬습니다."

(2018. 7.)

나의 이름을 불러주었을 때

이름에는 그 사람의 이미지가 담겨 있다. 얼굴을 보지 않고 처음 접하는 타인의 경우에 예쁘면 더 호감이 간다. 부르기 쉽고 쓰기도 좋게 많이 짓는다. '서연'은 여자로서 가장 인기가 좋다고 한다.

태어나면서부터 죽을 때까지 나를 따라 다니는 게 이름이다. 내가 원해서 얻은 것이 아니라 부모님이 붙여준 것이다. 실제로 살면서 이름은 많은 영향을 준다. 청소년들이 처음에 친구 관계를 맺을 때 그 매력도에 따라 다르다고 한다. 촌스러운 사람에 비해 멋지거나 예쁜 사람과 친구가 되고 싶어 한다는 것이다.

또한 이름이 예쁜 여자들이 그렇지 못한 이들에 비해 훨씬 미인으로 인식된다는 연구결과도 있다. 특이하고 매력적인 아이들은 자신을 특별한 존재로 여기며 자란다고도 한다. 이렇게 자신의 인생까지도 바꿀 수가 있는 것이다.

실제로 이름 때문에 놀림을 당하거나 곤욕을 치르는 사람들도 있다. 나도 '재정'이 마음에 들지 않는다. 볼 때마다 잊지 않고 요즘

재정 사정은 좋으냐고 묻는 분이 있다. 유명세를 타고 있는 장관님께 빗대기도 하고 여자 국회의원이 있어서 의원으로 놀림을 받기도 한다. 이러면 듣기 싫어서 짧게 대답하거나 헛웃음으로 넘긴다.

부모님이 굳이 '재(在)' 자 돌림을 땄다. 여자에게 재(在) 자가 어울리기나 하는가. 이름을 바꾸고 싶지만 절차는 쉬울지라도 이후에 처리해야 할 일들이 번거롭다는 핑계로 선뜻 나서지 못하고 있다. 요즘은 나이가 들어서 개명을 하는 이들이 늘고 있다. 동명이인이 많은 흔한 이름이 싫어서, 일이 잘 안 풀린다거나 이유 없이 건강이 좋지 않다는 이유에서다. 지인은 바꾸고 나니 새로 태어난 느낌이라고 한다. 그 용기가 부러울 뿐이다.

꽃 중에도 꽃말이 바뀐 장미가 있다. 불가능에서 기적으로 전혀 새로운 이름으로 태어난 '파란장미'다. 이 꽃은 식물의 파란색을 내게 하는 색소를 만드는 유전자가 없다. 자연에게서 이를 얻는다는 건 불가능한 일이었다고 한다. 시중에서 보는 대부분이 흰 색에 염색을 해서 만든 것이었다.

사람들은 볼 수 없을 거라고 믿었다. 그런 이유에서 꽃말도 불가능이었다. 2004년 미국 벤더빌트대학의 연구자가 치매치료제를 연구하던 과정에서 우연히 푸른빛 박테리아를 발견했다. 이 유전자를 장미에 이식하여 파란 장미를 피워낸 것이다. 꽃말도 극과 극인 기적이 되었다. 부정에서 긍정적인 얼굴로 변한 것이다.

'파란장미'는 보기에도 신비한 꽃이다. 불가능을 가능이라는 긍정적인 뜻에서 성년의 날 선물로 인기라고 한다. 스무 살은 도전을 해야 하는 나이임으로 불가능해 보이지만 희망을 가지면 기적을 이룰 수 있다는 꽃말 때문이다. 색으로 인해 의미가 확 달라진 셈이다.

고대 로마 격언 중에 이름이 곧 운명이라는 말이 있다. '재정'은 어떤 숙명을 담고 있을까. 지금까지의 무채색인 삶이 이름 탓일지도 모른다. 이 칙칙한 이름을 벗으면 내 가을이 수채화로 선명해질 수 있을까. 지금도 개명은 망설이고 있는 현재진행형이다.

스물여덟 해를 거슬러 올라가 둘은 이미 서로의 사랑이 되었다. 벗꽃이 발그레 부어오를 즈음, 문득 봄바람에 이끌려 못이기는 척 따라나설 참이다. 그리하여 예쁜 이름의 새 명함을 내밀어 보아야겠다. 또 내 이름을 불러주었을 때 그에게로 가서 길이 되리라. 너는 나의, 나는 너의 길을 내어 운명이 되어가고 싶다.

(2019. 2.)

인연의 밀도

엄마는 불을 때고 계셨다. 옛집에서 내가 쓰던 방의 아궁이에 장작을 활활 지피고 있었다. 불꽃은 타올라 불기둥이 되어 위로 치솟더니 무지개로 피어올랐다. 달빛도 흐린 밤하늘이 대낮처럼 환하다. 이토록 고운 무지개는 처음이었다. 눈이 부시게 찬란한 빛이 황홀하여 넋을 놓고 바라보다가 잠이 깼다.

꿈속에서라도 뵙고 싶었던 엄마였다. 돌아가시고 2년 내내 기다려도 오지 않았다. 혼자 서러워 울음이 가득 고이던 지난밤에 이런 모습으로 찾아와 주었다. 반가워 다가가려 했지만 센 불기운에 가까이 갈 수가 없다. 나를 한 번 쳐다봐 주시곤 불 때는 일에만 열중이었다. 불이 괄수록 무지개는 점점 더 선명해지는 것이었다.

요즘 나의 몸에는 수십 개의 침이 꽂힌다. 맞을 때마다 무섭고 겁이 난다. 얼굴에 빼곡하게 바늘이 박히어 있자면 괜히 제풀에 섧다. 노인들에게 나타나는 증세로 치료를 받고 있는 중이다. 자다가 쥐가 나는 건 다반사고 떨림이 눈으로 시작하여 얼굴까지 옮겨왔다.

피곤하면 심해지는 증세 때문에 큰일 나지 싶어 온 병원이다. 한의사는 몸의 기운이 바닥 상태라고 말한다.

어제도 퇴근 후에 들러 침을 맞았다. 가시를 잔뜩 세운 고슴도치인 양 누워있으려니 따스한 위로가 고파왔다. 전화기 안의 사람들을 훑어 보지만 이 시간에 나를 달래줄 누구도 없었다. 목소리만으로도 나의 날씨를 금방 읽어내던 엄마였다. 얼굴만 보아도 무슨 일이 있는지 알았다. 그런 엄마가 전화번호 목록 어디에도 없다.

하나뿐인 내 편이었다. 어른이 되어서도 여전이 의지하여 나는 피사의 사탑의 모양으로 기울어져 있었다. 아무 때고 넋두리를 들어주고 속상한 마음을 쓰다듬던 손길이 사라진 게 악몽을 꾸는 거라고 거부했다. 아직도 얼핏얼핏 엄마의 부재가 사무치게 다가올 때마다 눈물로 앓는다. 목메도록 그립다.

무지개가 기분 좋은 암시를 담고 있어서일까. 꿈을 꾼 이후로 우울했던 마음이 안개가 걷혀 맑아졌다. 또 하루를 살아낼 힘이 생긴다. 어쩌면 딸을 염려하는 마음을 표현하고 싶었을지도 모른다. 희망의 빛줄기로 위로하고 싶었을 것이다. 함께 걱정해주는 엄마의 마음이었다.

엄마와 나와의 인연은 천륜이다. 팔천 겁의 이생에서의 인연이 죽음 앞에서인들 끊어질 리가 있겠는가. 마음 안에서 살며 무시로 나를 토닥여주는 힘, 쓰러지려 할 때마다 부축해 주는 힘으로 인연을 이어가고 있었다. 같이 보낸 시간의 길이가 아닌 밀도로 확인 시켜준다.

사랑이야 온도라지만 인연은 밀도라는 생각이다. 사랑이 끝나면 온도는 순식간에 식어버리기 마련이다. 차가워진 온도는 다른 누군가로 데워질 수가 있다. 사랑의 상처는 사랑으로 치유해야 된다는 말이 있는 것처럼 다시 다른 사랑이 찾아온다. 그러면 언제 그랬냐는 듯이 온도는 금세 오른다.

인연은 끝나도 끊어지지 않는 질긴 정이다. 말로 표현을 하지 않고 행동으로 보여주지 않아도 마음이 촘촘히 채워진다. 어떤 사람으로 대신할 수가 없다. 그 사람이 아니면 안 되는 게 인연이다. 엄마와는 팔천겁의 두께가 쌓인 밀도가 지금까지도 무언의 언어로 나를 위로한다.

옷깃이 한 번 스치는 것은 오백 겁의 인연이라 했던가. 이제껏 수없이 스치고도 못 알아보는 인연이 있었을까. 만날 인연은 언젠가 꼭 만나진다는 인연설이 스쳐간다. 어디서 시절인연이 때를 기다리고 있을 것만 같다. 이왕이면 바람도 품어주는 숲 같은 인연이었으면 한다.

볼에 발그레 단풍이 드는 나의 계절도 가을이다. 설레기보다 그리움이 커지는 시간이다. 온도보다 밀도가 깊어지는 때다.

(2019. 11.)

스며든다는 건

찻물이 끓는다. 시끄러운 소리가 조용해지기를 기다린다. 이럴 때마다 읽은 영화의 한 대사가 떠오른다. 물이 끓는 장면을 묘사한 대목이 있다. 배우 전도연의 목소리로 전달된 그 과정이 리얼하다.

처음에는 '쏴' 하는 소리가 나고 다음엔 '쿠르르' 바퀴소리가 난다. 이어 땅이 진동하는 소리, 말 달리는 소리가 났다가 모든 소란이 잦아들 듯 은은한 바람소리가 난다. 곧 그 바람소라마저 잦아들고 이제 더는 아무 소리도 들리지 않게 된다. 바로 이때가 물이 익은 상태, 순숙(純熟)이라는 것이다.

얼른, 커피에 김이 피어오르는 물을 붓는다. 거기에 프림을 넣자 사르르 커피에 녹아든다. 마치 스며들어가듯 자취를 감춘다. 독하던 커피가 연해진다. 강한 맛이 부드러워진다. 코로나에 장대비까지 구속하는 바람에 차 한 잔으로 침침한 기분을 달래는 중이다.

스름스름 스며드는 일은 본래의 모습을 잃는다. 커피의 진한 색깔이 연한 색으로 변한 것처럼 말이다. 한 사람을 안다는 것 또한 마찬가지다. 그 사람을 안다는 건 서로에게 스며드는 일이다. 내가 싫은데도 상대가 좋아하는 음식을 같이 먹어주기도 하고 취향이 아닌 영화를 함께 보기도 한다.

상대도 나와 같다. 나에게 맞추며 하나씩 알아간다. 즐겨 입는 옷의 취향을 이해하게 된다. 어느새 나도 모르게 조금씩 닮아가고 있다. 서로가 속으로 조금씩 깊이 배어 들어간다. 그럴수록 나는 없고 상대의 물이 들어간다. 둘은 우정이거나 사랑으로 유해진다. 이 감정도 순숙(純熟)의 상태가 될 수 있을까.

얼마 전 알게 된 심해아귀를 떠올린다. 이들에겐 극적인 생식의 비밀이 있다고 한다. 아귀는 사랑하면 한 몸이 된다. 수컷은 암컷의 몸에 파고들어가 하나로 되어 평생 살아간다. 자신의 장기를 모두 잃어버리고 정자를 제공하는 역할을 맡는다. 그러면 암컷은 영양분을 공급해 준다.

수컷은 어둡고 찬 바다에서 희미한 페로몬 냄새를 통해 암컷을 쫓는다. 몸의 길이가 아주 작다. 자신의 60배의 큰 암컷의 배를 물어 상처를 낸 뒤 결합한다. 피부와 혈관까지 융합한다니 놀랍다. 암컷은 새로운 장기로 받아들여 면역거부 반응을 일으키지 않는다. 사랑을 위해 제 몸의 면역력도 포기하는 아귀는 완전히 스며들어간 듯 보인다.

결결이 생각나는 친구들, 밤이 새도록 이야기를 나누던 그녀들은 지금 어디에 있을까. 다들 가족에 녹아들어가 표시도 없다. 한 남자의 아내로 밥을 짓고 있으려나. 엄마로서 자식들을 위해 기도를 올리고 있는 건 아닐지. 열심히 천수경을 독송하고 있을까. 아니면 성경책을 읽고 있겠지.

나에게 가족은 단출하다. 남편과 아들이 한명, 다 합해야 세 명이다. 화이트컬러를 벗고 이제는 블랙컬러로 열심히 사는 그이. 쉰 나이에 확 바뀐 삶을 살고 있는 모습을 보고 있노라면 짠하다. 서른이 넘도록 공부에 매달려 힘들어도 내색 없이 잘 해주고 있는 아들이 고맙다.

누구 한 명 허투루 사는 사람이 없다. 모두가 하루하루를 치열하게 살고 있다. 이런 가족은 생각만으로도 안으로부터 뭉클함이 올라온다. 암울한 내일에 포기하지 않고 잘 참아낸 나의 전사들이다. 이제야 들기 시작한 볕은 신이 우리에게 주는 보상이다.

커피에 프림이 녹아들듯이 가족에 온전히 스며들고 싶다. 심해의 아귀처럼 그 속으로 파고 들어가 한 몸인 듯 살고 싶다. 가족의 순숙(純熟)을 꿈꾸며 살아갈 것이다.

(2020. 8.)

행복의 속도

아침이 늘 바쁘다. 서른 해가 되도록 나의 출근 준비는 종종걸음이다. 매일 서둔다고 해도 앞당겨지질 않는다. 굼뜬 주인 덕에 숨차게 달려야 하는 애마인 아반떼만 고생이다. 직장이 멀어지면서 고약한 버릇이 생겼기 때문이다.

4차선 도로에서의 제한속도는 80km이다. 머리로는 알지만 과속을 한다. 한 해 전만 해도 차로 십분 거리였지만 네 배로 늘었다. 먼 거리는 나도 모르게 속도를 내게 한다. 계기판이 110km일 때가 다분하다. 내 몸에 배어있던 천천히는 어디로 가고 운전대에만 앉으면 헐크가 된다.

단속카메라 앞에서 급히 브레이크를 밟는 일은 예사다. 속력을 낼수록 마음은 더 급해져 앞의 차가 천천히 가면 안달이 난다. 안전거리도 무시한 채 바짝 들이대며 피해 달라는 무언의 압박을 보내는 것이다. 도로 위의 폭력이 따로 없다. 왜 이렇게 폭군이 되어가고 있는지.

빠른 속도는 옆을 돌아볼 여유를 주지 않는다. 시간을 잊고 살다가 바람이 차 안으로 들여보내는 아카시아 향기에, 어느 날 문득 물들어가는 산의 단풍을 보고 놀란다. 길가에 나무를 보며 사계절이 주는 자연을 느끼던 때가 아득하다. 노을의 아름다움에 취해 차를 세우고 바라보던 적이 있었는지조차 까마득해져 온다. 지나간 일들은 다 멀게만 느껴진다.

행복의 속도라는 붓카들의 삶을 조명한 영화가 TV에 소개되는 걸 본 적이 있다. 붓카는 해발 1,500미터 오제국립공원에서 산장까지 짐을 나르는 사람을 말한다. 80kg의 무거운 등짐을 지고 12km를 걸어서 묵묵히 맡은 일을 한다. 매일 똑같은 길을 걷는 그들에겐 그 길이 그 길일 것 같다. 아마도 나라면 금방 지쳐 쓰러졌을 것이다.

땀을 비 오듯 흘리고 거친 숨을 몰아쉬는 그들. 그러나 한 번도, 단 1초도 같은 날이 없다고 말하는 붓카. 바람도, 구름도, 모든 게 전혀 다르다는 그들은 득도(得道)를 한 듯 보인다. 오히려 느릴지언정 천천히 걷기 때문에 자신을 온전히 만끽할 수 있는 시간이라고 한다. 느림은 오히려 충만한 행복과 자부심을 준다니 분명 도인(道人)이다. 그들은 언젠가 닿을 목표지점이 중요한 것이 아니라 지금 내딛는 한 걸음이 중요하다는 것을 몸으로 말하고 있다.

나는 빠르게 달리다가 단속카메라 앞에서만 잠시 속도를 줄이는 캥거루 운전자다. 과속방지턱을 보지 못해 차가 심하게 요동을 치고 몸에도 충격이 오기 일쑤다. 차의 제한속도는 인생의 속도를 생각하게 한다. 나는 몇 km를 달리고 있을까.

"천천히 가면 돼요. 넘어지면 안 되니까 시간이 더 걸려도 괜찮아요." 이 대사가 뼈아프게 와 박힌다. "행복은 천천히 가도 괜찮다." 급히 달리려고만 했던 나에게 콕 와 닿는 메시지다. 행복을 좇아 달려온 먼 거리. 빨리 도달하고 싶은 욕심이 어깨의 짐이 무거울수록 더 속력을 냈다.

행복은 삶의 속도에 반비례하고 밀도에 비례한다고 한다. 삶의 속도를 줄여야 각도가 넓어지고 행복의 밀도가 높아진다는 것이다. 그동안 행복의 시선을 남에게 뺏기고 살았다. 다른 이들과 키재기 하느라 나는 없었다. 순간순간의 충만감이 쌓여 행복의 밀도가 촘촘해지는 법이건만 내 속도를 잊어버리고 말았다.

퇴근길, 어린이보호구역을 지나고 있다. 계기판은 30km를 보여준다. 길가 옆 꽃집에 꽃들이 눈에 들어온다. 예쁘다. 저기에 꽃집이 있었는지 이제야 발견한다. 서행하니 보지 못했던 광경들이 보인다. 인생도 지금의 차의 속도만큼만 달려보면 어떨까. 비로소 내가 보이지 않을까. 그러면 놓치고 지나가는 풍경은 없으리라. 인생의 속도는 빠름이 정답이 아님을. 그게 행복의 속도는 아닐 테니까.

(2022. 1.)

한 알의 사과 속에는

저 멀리 아들이 걸어온다. 멋지다. 오랜만에 집에 오는지라 마중을 나갔다. 내 나이를 부정하다가도 장성한 아들을 보면 억지가 쏙 들어간다. 저리 크는 동안 세월이 나만 비켜 갈 리가 없을 테니까 말이다. 어머니도 마찬가지인가 보았다. 환갑을 바라보는 막내아들을 보고 나이를 체감하신다고 한다.

어머니는 올해로 91세이시다. 다리가 몹시 불편하여 걷지를 못해서 올봄에 요양원에 모셨다. 거기서 한 달을 간신히 채우고 둘째 아들네로 가셨다. 밖을 나갈 때도 쪼그려 걷는다. 그러다 답답하면 아예 기어다니신다. 볼 때마다 너무 힘들고 안쓰럽다. 그래도 이게 편하니까 마음 쓰지 말라고 하신다. 마음의 평안을 주는 어머니의 집이 생겨서 얼마나 다행인지 모른다. 형님과 아주버니의 수고로움 덕분이다.

시시로 걸려오던 전화가 요즘은 잠잠하다. 마음이 편해졌다는 증거다. 요양원에서는 하루에도 몇 번씩 걸려와 귀찮을 정도였다. 나뿐만 아니라 자식들에게 종일 집에 가고 싶다고 볶아댔다. 면회를 가도 코로나로 만나지도 못하고 갑자기 연을 끊은 셈이 되었으니 마음이 오죽했을지. 혼자라는 생각이 엄습해 와 깜깜해지면서 무서우셨으리라.

어제 뵀는데 무슨 일일까. 출근한 지 얼마 안 되어 어머니의 전화가 걸려온다. "그래, 얼마나 서운햐. 그거 하나 보고 사는데 멀리 떨어뜨려 놓아서 에미 맘이 많이 안좋지. 니들이 서운할 생각을 하면 자꾸만 눈물이 난다." 목소리가 젖어 있으시다. 기쁘기도 하고 짠하면서 복잡한 마음이다. 이런 내 마음을 알아주는 건 어머니뿐이다.

손자가 떠났다고 생각하시나 보다. 다음 달에 미국으로 출국을 앞두고 주말에 미리 인사를 드리러 갔는데 착각하신 모양이었다. 우리 앞에선 내색을 하지 않더니 섭섭할 아들 내외가 걱정이 된 듯했다. 아무리 아직 안 갔다고 해도 전화에 울음이 밴다. 내 말은 들리시지 않는 것 같다.

박사 손자가 큰 힘이고 자랑거리다. 자신이 당장 죽어도 복이라고, 여한이 없다고 한다. 아들이 서울대 대학원에 입학했다는 소식을 듣고 눈물을 보이셨다. 지난해에 박사학위를 받았다는 말에 또 눈물을 흘리셨다. 대견하다며 말을 잇지 못하던 모습이 선하다. 고생했다며 나의 노고를 치하했다. 최고의 찬사였다.

어머니는 뵐 때면 나를 붙들고 할 말이 많으시다. 그냥 다 들어드린다. 종종 울안에 있는 텃밭에 풀을 뽑다가 아주버니께 들켜서 혼이 나셨다고 한다. 집을 비운 사이에 땡볕에서 일하시니 그럴 만도 하다. 어머니는 밭을 가꾸는 일이 무료한 시간을 보내는 방법일 것이다. 그 일에 손자를 향한 염원을 담고 있음을 얼마 전 대화중에 알았다.

"내가 웬만하면 풀은 다 뜯는겨. 고, 작물을 타고 비비 돌아 올라가는 놈을 보면 무조건 뜯어내. 어떤 나쁜 놈이 잘 나가는 우리 손자를 해코지하는 것 같아서 두고 볼 수가 없어." 아마도 넝쿨식물이 작물을 타고 올라가 못살게 구는 모습이 혹여 손자를 괴롭히는 사람들로 연상이 되는가 보았다. 그런 마음으로 텃밭을 돌보고 계셨다.

전화를 타고 풀을 뜯는 어머니의 마음도 넘어온다. "한 알의 사과에는 온 우주가 담겨있다." 땅의 영양분과 햇볕, 바람과 비, 농부의 땀이 배어 있다는 뜻이다. 묘목이 자라 열매를 맺기까지, 그 열매가 익어 사과가 되기까지 그냥 되는 것이 아니다. 보이지 않는 무수한 은혜와 수고가 담겨 있는 것이다.

하물며 사람이랴. 아들이 어엿한 어른이 된 것은 수많은 눈길이 있어서다. 대놓고 불거진 나의 기도와 어둑한 세상을 살면서도 간절한 염원을 갖고 계신 어머니. 보이는 곳에서, 보이지 않는 곳에서 보내준 마음들이 잘 키운 것이리라. 이제 아들은 한 뼘 더 크기 위해 보다 넓은 세계로 나간다. 떠나는 날, 사과 속 우주가 네 안에도 있음을 일러줄 참이다.

(2022. 7.)

존재의 이유

방에 나란히 누웠다. 둘은 아무 말이 없다. 그저 착잡하고 막막한 심정이다. 3개월의 터널 같은 여정이 끝이 날 줄 알았는데 또 연장된다. 무슨 병명이라도 나와야 속 시원할 텐데 오늘도 허탕이다. 그래야 안정이 되어 마음의 대처를 하련만 더 깊이 미궁 속으로 빠져든다. 며칠 후 네 번째 검사를 앞두고 있다. 그이는 기다리다가 죽을 노릇이라 했다. 그런 모습을 지켜보는 나도 피가 말랐다. 그 고통을 어찌 말로 다 하랴.

지난 구월에 함께 건강검진을 했다. 둘 다 이상 소견이 나와서 정밀 검사를 받기로 했다. 다행히 나는 CT만으로 이상이 없다고 나왔다. 그런 말을 듣기까지의 한 달은 지옥이었다. 처음엔 '아무 일도 없게 해주세요'의 간절한 기도가 '제발 우리 부부 너무 늦지만 않게 해주세요'로 절실해졌다. 설령 좋지 않은 상황이 올지라도 둘이 착실히 치료받겠노라고 희망을 담았다.

도시에 있는 병원에서의 검사도 명확한 답이 나오질 않았다. 더

검사를 해봐야 한다는 의사의 말에 주저 없이 서울로 갔다. 여기에서 MRI까지 세 번의 검사에도 허사였다. 마지막으로 조직검사를 예약하고 돌아왔다. 그 어떤 말도 위로가 되지 않는다는 것을 안다.

지금까지 아파서 간 게 아니라 검진에서 발견되어 간 거니까 많이 악화된 상태는 아닐 거라고 믿기로 했다. 설령 좋지 않아도 치료받으면 된다고 담담한 척 말했다. 고치지 못하는 것이 병이고 고치는 건 병도 아니라고 위로했다. 너무 마음 졸이지 말고 담대해지라고 다독였다. 그러나 오늘은 그 말도 나오질 않는다. 너무 지쳐 보이는 그이 옆에 말없이 누워있다.

둘이서 힘든 시간을 보내는 동안 아들에게는 비밀로 했다. 미국에 놀러 간 것도 아닌 교수를 준비하는 과정의 박사후연구원으로 가 있는 그다. 낯선 그곳에서 겨우 적응한 듯 보인다. 문화도 다른 새로운 환경에서 이제야 마음이 편해진 듯하다. 자기의 일도 벅찰 텐데 우리까지 더 보태고 싶지 않았다.

행여 마음이 쓰여 연구에 지장을 줄까 염려되어서다. 도움을 주지 못할지언정 방해꾼이 될 수 없었다. 그게 부모의 마음이라고 단정 지었다. 눈치채지 않게 아무 일도 없는 듯 소식을 전했다. 아들도 궁금해하는 우리에게 사진을 찍어 보내며 제 안부를 전해왔다.

나에게 가족은 생각만으로도 뭉클하고 뜨겁다. 오미자 씨앗처럼 처음엔 시다가, 쓰다가, 나중에는 달은 관계다. 시다고 찡그리지 않고 쓰다고 뱉어버리지 않는, 모든 끝에는 단맛이 나는 가족이다.

한순간도 눈을 뗄 수가 없다. 그냥 지켜보기만 해도 흐뭇하다.

미국의 베스트셀러 작가인 미치앨봄이 이런 나를 흔든다. 가족은 그냥 단순한 사랑이 아니라, 지켜봐 주는 누군가가 거기 있다는 사실을 상대방에게 알려주는 것이라고 항의한다. 내 생각이 짧았는지도 모른다. 이 또한 정답이 없긴 마찬가지다. 어쩌면 그건 아들을 위한 배려가 아닐 수도 있다. 기쁜 일이나 좋은 일만 나누는 게 가족은 아니다. 그건 남과도 할 수 있는 일이기 때문이다. 그는 슬픈 일, 나쁜 일들을 나누는 것이 진정한 가족이라고 일러준다.

이제 아들에게 비밀로 할 이유가 없어졌다. 그동안의 과정을 들려주었다. 차분하고 신중히 듣는다. 내 말이 끝나자 지금까지의 수고를 치하했다. 그 한마디에 한 짐이던 어깨가 가벼워진다. 우리나라 의술이 좋아 걱정하지 말라는 말에 안도가 된다. 괜찮다는 말이 이렇게 큰 위로의 말인 줄 처음 알았다. 뒤에 아들이 있다는 것만으로도 든든하다.

아들과 통화를 하고 난 그이도 한결 편해진 얼굴이다. 그이와 나 그리고 아들을 하나로 묶어주는 이름. 가족이었다. 힘들 때, 아플 때, 슬플 때 거기 서 있는 가족이었다.

(2023. 1.)

쉼 한 모금

올레길을 걷는다. 남원포구에서 출발하여 쇠소깍까지 5코스로 13.4km의 거리다. 그이와 날마다 오르던 산과 숲을 벗어나 오늘은 올레길로 방향을 튼다. 둘이 아닌 막내 오빠네와 함께다. 올케가 올레길에 반해 제주 한 달 살기를 왔다. 육지에서 보다가 여기에서 만나니 더 반갑다.

오빠네 가족은 다섯 명이다. 두 딸과 아들 한 명인 부러운 조합이다. 하지만 아픔을 가지고 있다. 올케는 자폐 스펙트럼을 가진 아들의 껍딱지로 산다. 자신의 시간에 자유롭지 못하다. 여유로울 인생의 오후에도 엄마라는 이름으로 얽매여 있다. 그런 올케를 위한 여행이다. 짐을 지워주어 늘 미안한 오빠의 마음이 담겨있다.

올케는 서울에서 아이들과 산다. 아들의 더 나은 환경을 위해 오빠와 별거 중이다. 서로 떨어져 살다가 오랜만에 같이 보내는 긴 시간이 얼마나 소중할까. 오빠는 한 달 동안 아들을 대신 맡기로 했다. 모처럼 자유를 얻은 올케는 날개를 얻은 새처럼 보인다. 저도록 밝은 모습은 처음 본다. 제주에 오길 잘했다는 생각이 든다.

올케가 아이처럼 신나서 저만치 앞선다. 바닷길을 걷다 보면 숲길이 나타난다. 마을이 나오고 차가 다니는 큰길도 지난다. 지루할 틈이 없다. 제주 말로 '놀멍 쉬멍' 걷는 올레길이다. 식당에 들러 배도 채우고 카페에서 차를 마시며 한가로움을 즐긴다. 올케는 "좋다" 탄성으로 침이 마른다. "예쁘다" 나의 추임새가 그 뒤를 잇는다.

뒤떨어지는 남자들을 제쳐두고 둘이 어깨를 나란히 한다. 올케는 아들에게 매여 있다가 홀가분하여 좋다고 했다. 제주에 있는 동안은 오롯이 자신을 위한 시간을 보낼 것이라고. 탁 트인 바다와 푸른 숲이 쉼이라는 것이다. 사람들이 바라보는 시선이 견디기 힘들어 돌연 숨이 막혀올 때마다 제주를 꿈꾸어왔던 것 같다.

발달장애인 엄마로 산다는 건 본인의 삶을 포기해야 하는 일이다. 편견 앞에서 소리 없는 아우성으로 맞서는 일도 분분했을 것이다. 누군가를 탓하기보다 자신을 원망하는 날이 더 많았을지도 모른다. 아들의 삶이 가여울수록 더 고통스러웠을 올케. 가까운 나조차도 따뜻한 말 한마디 해준 적이 없다.

이런 삶을 운명으로 받아들이기가 어디 쉬운 일이랴. 예까지 오는 동안 수없이 다졌을 마음이 안쓰럽다. 안에 일고 있는 파도가 쉬지 않고 있음을, 때로는 거세게, 때로는 잔잔하게 찾아오는 파랑에 흔들리는 마음을, 잡고 또 잡고 일으켜 세우는 올케가 존경스럽다.

그때는 까마득히 몰랐다. 친정 식구들이 펜션을 빌려 놀러 간 적이 있었다. 올케가 자면서 한숨을 얼마나 내쉬던지 옆에서 밤새 잠을 설쳤다. 없던 근심도 생기겠다고 속으로 흉까지 보았다. 이제야 알겠다. 그 소리는 해녀의 숨비소리 같은 것임을. 장애가 죄가 되는 망망대해에서 바다 위로 떠올라 참던 숨을 내쉬는 것임을, 얼마나 많은 숨비소리로 그 바다를 품었을까.

해녀가 자신의 숨만큼 숨을 참으면서 작업을 하다가도 다시 숨을 쉬기 위해서는 물 위로 올라와야 한다. 어쩌다 그 순간의 욕심을 이기지 못하고 다시 물 아래로 내려가면 수중에서 숨을 들이마시게 된다. 호흡의 한계를 넘는 물숨은 해녀들의 목숨을 앗아가는 것이다.

올케에게서 참다가 도저히 견딜 수 없어 수면 위로 올라와 내뱉는 숨. 숨비소리를 듣는다. 해녀가 자기의 숨값을 아는 것이 중요하듯이 무시무시한 물숨의 한계를 아는 것 같아 마음이 놓인다. 나는 안다. 제주에서의 쉼이 가슴이 답답할 때마다 숨길을 트게 할 숨한 모금이라는 것을.

(2023. 12.)

그냥 살기로 했다

꽃이 지고 있다. 하르르, 꽃잎이 떨어진다. 화려한 한 생을 보낸 답례의 분분한 낙화. 봄이 화락화락 떠나고 있다. 온 천지를 에운 꽃에 나도 꽃이 되는 꿈을 꾼다. 흘러간 시간의 미운 후회가 꽃으로 곱게 피어난다. 봄이면 감히 꽃이 되고 싶다. 이 나이에도 찬란한 봄이 되고 싶다.

3월이 되면서 그이가 치과 치료를 받기로 했다. 충치로 고생하면서도 약으로 때우며 통증을 달랜 시간이 꽤 길었다. 치과에 가기를 좋아하는 이는 없다. 누구나 꺼리는 건 마찬가지다. 그이는 유독 치과라면 고개를 절레절레 흔든다. 오랜 설득 끝에 힘들여 결정한 것이다. 치아 전체를 손을 보아야 하는 어마어마한 대공사다. 나는 몇 해 전에 싹 치료를 받았고 스케일링도 작년에 한 상태다. 기다리는 것이 지루하여 온 김에 스케일링을 받을 요량이었다. 치아 CT를 찍어본 결과 치료가 필요하다고 한다.

또 문제가 생겼는가 보았다. 동병상련의 마음으로 같이 치료받기로 한다. 보름에 걸쳐 치료가 끝나고 스케일링도 마쳤다. 아직 그이는 한참 치료를 남겨두고 있다. 스케일링은 아주 중요하다. 치석이 치매를 유발하기도 하고 뇌졸중과 심장발작을 일으킨다고 한다. 잇몸에 만성 염증을 일으키는 박테리아가 주범이라는 사실에 놀랐다.

치아는 오복 중에 하나다. 건강한 이와 고른 치열을 말함이다. 나는 둘 다 엉망이다. 어려서부터 치통을 달고 살았다. 어른이 되어서야 긴 시간 동안 치료를 받았고 앞니가 토끼 이빨처럼 못생겼다. 윗니의 중앙에 있는 두 개가 다른 치아에 비해 크고 약간 돌출되어 있어 밉다. 그래서 앞니를 드러내고 활짝 웃지 못하는 버릇이 생겼다. 늘 신경이 쓰인다. 내내 속앓이 중인 앞니를 상담을 받아본다.

좋은 시절 다 보내고 저문 즈음에 뚱딴지 생각일 수도 있다. 커다란 앞니의 양쪽으로 사이가 벌어진 게 요즘 들어 더 보기가 싫다. 예뻐지고 싶은 욕망은 여자에게 있어 무죄다. 풋풋한 나이거나 익은 나이거나 똑같은 여자다. 라미네이트라는 간단한 방법이 있음을 알고 마음을 먹은 것이다. 튀어져 나온 부분을 깎아내고 기공물을 붙이는 시술로 짧은 시간에 된다는 희망이 스스로 부추겼다.

결과는 실망스럽다. 라미네이트로는 해결이 되지 않는다며 교정을 권한다. 치료 기간도 6개월이 걸리고 비용도 만만치가 않다. 이를 어쩌랴. 두 가지 마음이 나를 흔든다. 먹을 만큼 먹은 나이에 굳이 교정까지 할 필요성이 있냐는 생각이 든다. 또 다른 한쪽에서는 지금까지 콤플렉스로 가지고 있으니 하고 싶은 마음도 있다.

이렇게 엇갈리고 있을 때 그이가 말한다. "이 해봐." 그 소리에 시키는 대로 "이" 한다. "귀엽기만 하구만." 제 눈에 안경인가 보다. 상담하던 간호사가 그이의 말에 실소(失笑)를 터트린다. 팔불출이 따로 없다. 민망하여 다음에라는 말을 남기고 서둘러 치과를 나왔다.

그이의 한 마디에 돈이 굳었으니 가세에 도움이 되었다. 이 효과를 노린 것인지 모른다. 아니면 나까지 일이 벌어져 정신없는 상황이 싫어서인지도 모르겠다. 나는 귀엽다는 그이의 말에 감동해서도 아니고 수긍해서도 아니다. 내 안에서 갈등이 끝났기 때문이다. 엄청나게 보기 싫지 않으면 이는 굳이 건드리지 않는 게 좋을 수도 있다. 생긴 모습 그대로, 그냥 이대로 살기로 했다.

꽃노을 진 거리에 벚꽃 잎이 날린다. 지는 모습도 아름다워 눈물이 난다. 시들어 다 마른 채로 꼬투리가 되어 다음 해 잎이 나올 때까지 통째로 남는 꽃. 유럽수국은 볼수록 추하다. 나의 마지막 모습은 질 때를 알아 꽃잎으로 날리는, 그 모습도 고운 벚꽃이었으면 좋겠다.

(2024. 5.)

바람이 데려다주었다

그이가 저만치 걸어온다. 축 처진 어깨가 하루의 고단함을 대신한다. 마치 된서리 맞은 초겨울의 호박잎 같다. 그때가 그립다. 아프기 전까지는 계단을 올라오는 발짝 소리로 그이인 줄 알았던 때가 아프게 그립다. 온 초원을 달리던 야생마이던 위세가 걸음에 실렸었다. 요즘은 풀이 꺾여 발소리도 묵음이다.

한여름에 때아닌 우박이 쑥대밭으로 만들었던 작년의 우리 고추밭이 이랬다. 거리가 얼마 떨어지지 않은 다른 집의 밭은 쌩쌩했다. 하필이면 왜 우리 밭에만 하는 원망은 하늘로 향했다. 지금이 그렇다. 어느 날 그이에게 불어닥친 질풍이 그랬다. 돌풍으로 시달린 1년 반의 시간. 그 바람을 뚫고 오늘도 일상으로 초초(草草)히 돌아오는 그를 마중 나간다.

바람은 제 혼자 불고 마는 법이 없다. 나무를 휘감고, 꽃들을 어지러이 흔든다. 그저 바람이 불면 부는 방향으로 몸을 숙인다. 맞서면 부러지고 쓰러진다는 것을 어떻게 알았을까. 거부하기보다 숙명으로 받아들인 겸허함이 사람보다 지혜롭다. 나무는 흔들리며, 흔들리며 강해진다. 꽃도 흔들리며 독해진다. 부러지면서도 맞서는 건 사람뿐이다.

유독 나는 바람을 많이 탄다. 잎새에 이는 바람에도 혼자 흔들린다. 시시로 세상의 바람은 나를 시험한다. 강한 척하는 나의 허세를 벗겨버리고 싶어 안달이 나 있다. 또 바람이 몰려온다. 하나의 고비를 지나 안도의 한숨을 내쉴 시간도 내주지 않는다. 한 뿌리에 매달려 나오는 여러 개의 감자알처럼 꼬리를 물고 온다. 가슴이 덜컥 내려앉는다.

이제 몸도, 마음도 추스르고 있는 이즈음. 그이에게 조그만 이상 신호만 와도 놀란다. 전에는 배가 아프다고 하면 아무렇지 않게 소화제를 들이밀었지만 이젠 겁부터 난다. 무엇이 잘못되었나 하는 걱정이 앞선다. 나도 이럴진대 본인은 오죽하랴. 속이 알알해 온다. 앞을 가로막는 또 하나의 고비를 앞두고 그이는 예민해져 있다. 나도 온 신경이 곤두서 날카롭다.

그이에게 나는 어떤 바람에도 강한 사람이다. 울 줄도 모르고 늘 무섭게 다독이는 사람이다. 약해지려는 그이를 세워놓고 강해져야 한다고 다그쳤다. 어떤 상황이더라도 자신이 버텨내야 한다고. 내가 아무리 희망을 품은들 소용이 없는 일이다. 날마다 녹음된 테이프를 재생하듯 반복하는 말이 잔소리로 들렸는가 보았다. 듣기 싫다고 윽박지를 때가 있다. 이럴 때마다 시퍼런 멍이 든다.

바람에도 버티던 나는 그이의 불뚝성에 쓰러진다. 아프다. 이 잔소리는 그이에게 들려주는 말이기도 하지만 나에게 하는 말이기도 하다. 자꾸 무너지려는 나를 다독이는 위로다. 나도 어찌 겁이 나지 않으랴. 왜 떨리지 않으랴. 내가 나약한 모습을 보이면 정작 그이는 주저앉을 게 분명하다. 일어날 용기조차 갖지 못할 것이기 때문이다. 겉으로는 한없이 강해 보여도 속이 너무 무른 사람이다.

나도 속으로는 무섭다. 이러다 잘못되지는 않을까 하는 불안이 늘 괴롭힌다. 그이가 진단을 받던 날, 그이 앞에서 이를 악물었다. 독을 품었다. 내 생에 가장 센 독이었다. 가려진 나의 약함을 들키면 안 된다. 그이 앞에선 강한 사람이어야 한다. 그래야 그이가 버텨낼 수 있기 때문이다.

바람이 사납다. 아무리 세차다 해도 한자리에 머물지 않는 법이다. 부아의 질풍이 지나가면 나를 어디로 데려다줄 것인지 궁금해진다. '이도 곧 지나가리니.' 나의 신앙인 이 말을 믿는다. 꽃도, 나무도 흔들리며 피었으니 나도 꽃피워볼 날이 오리라. 바람이 예까지 이끈 것처럼 그리로 나를 데려다줄 것이다.

(2024. 6.)

6

*

비로소 알아가는 것들

그곳으로 임하소서

별도 뜨지 않은 밤, 별똥별이 쏟아져 내린다. 꼬리를 길게 늘어뜨리며 아래로, 아래로 떨어지고 있다. 창밖으로 내다보이는 풍경에 새삼 젖은 눈이 시리다. 환한 불빛으로 세상이 저토록 아름다울 수 있어 다행이다. 여기에 와서 보니 복닥거려도 밖에서의 그 일상들이 행복이었음을 안다. 아산병원의 11층 37호에 보호자로 투숙 중인 나는 창문 너머에 있는 소소한 시간을 그리워한다.

한번 시작된 그이의 건강 적신호는 나를 늘 긴장시켰다. 놀란 마음을 진정하고 숨을 고르기가 무섭게 세 번째의 신호를 보내왔다. 나를 통째로 흔드는 진동이 왔다. 몸의 장기 일부를 제거하는 큰 수술 앞에 무릎을 꿇었다. 이 어쩌지 못하는 부분을 하늘에 겸허히 맡긴다. 그이로 인하여 인생을 살면서 나이가 들수록 할 수 있는 게 기도밖에 없다는 것을 알게 된다.

몸을 그만큼 써먹었으니 고장 날 때도 된 나이다. 먹어야 하는 약의 종류가 늘어나고 병원 올 일이 많아지는 나이. 같은 병원의 병동에서 친구를 만나도 동지를 만난 듯 놀랍지 않은 나이. 이순의 고개가 버겁다. 벌써 다섯 번째 입원이다. 가장 긴 병원에서의 시간이 될 것 같다.

한 달 전 입원했을 때 바로 옆 병실에 있어서 알게 된 분은 동병상련의 마음으로 자주 전화를 한다. 먼저 안부를 물어오기도 하고 그이가 먼저 묻기도 한다. 서로 먼저 챙기는 게 건강상태 체크다. 아픔으로 더 살뜰해진 사이가 되어 또 입원했다니 놀란다. 고칠 수 있는 건 병이 아니니 쫄지 마라는 최고의 위로를 한다. 한숨 자고 나오면 다 끝나 있을 것이라고.

가장 낮은 곳에서 세상 작은 나로 보낸 6시간. 수술을 마치고 병실로 돌아온 그이가 한없이 눈물겹다. 통증으로 아파하는 병실에서 나도 따라 같이 신음한다. 고통도 지나갈 것을 알기에 참아낼 수 있는 용기를 낸다. 시간이 상처를 어루만지면 아무렇지 않게 병실을 나가는 날이 온다는 것을 믿고 있다. 그 희망이 오늘을 견디게 한다.

밤새 들려오는 구급차 소리가 생명의 긴박함을 알린다. 생명의 빛을 주려 분투하는 의사가 있고 간호사는 밤새 환자들을 돌본다. 밤을 잊고 어둠 속에서 빛으로 인도하는 사람들이다. 빽빽한 병동의 환자들은 그들에게서 막막한 병실에 들어오는 가느다란 빛줄기를 보는 일이 일어난다. 은혜롭다.

그 빛으로 하여 저마다 넘어진 채로 주저앉지 않는다. 혼자 일어서려 애를 쓴다. 수액을 달고 몇 개의 주사액을 주렁주렁 매달고도 운동을 한다. 그래야 가스가 나오고 몸이 제대로 회복되니까 열심이다. 여기의 특성상 조금 아파서 오는 병원이 아니다. 많이 아파야 올 수 있는 병원이기에 무언의 침묵으로 무겁다. 동종 환자끼리 오가며 눈빛으로 서로 위로를 한다

바로 내 곁에 있는 사람이 아파보니 알겠다. 마음 빚을 지면서 나 혼자 사는 세상이 아님을 본다. 정작 아픈 사람들에게 전해주지 못한 위로가 후회된다. "괜찮아?" 한마디에 눈물을 쏟아도 이 말이면 되는데 그걸 몰랐다. 마음을 건네면 되는 것을 아주 거창한 말을 해야만 되는 줄 주춤거렸다.

병동에는 환자 옆에 보호자가 있다. 환자들은 제각각이다. 혼자 딛고 일어서려고 애쓰는 이가 있고 옆에서 이끌어야만 따라 오는 이도 있다. 아픈 사람보다 더 힘들고 지친다. 그래도 함께 이 시간을 견뎌야 하는 숙명이다. 이들에게 신의 빛 한 줌만 있어도 어둠과 맞설 용기가 생길 터이다. 빛은 어둠을 이기는 법이므로.

하늘이시여! 가장 낮은 곳에서, 가장 어두운 곳에서 기도하는 이들을 부디 외면하지 마시고 그들에게로 임하소서.

숨어 우는 바람 소리

냉이가 하얀 소미꽃을 호로로 피웠다. 벚꽃 잎이 휘리휘리 날리어 잔꽃 위로 사뿐히 앉는다. 온통 꽃밭이다. 봄의 향기를 맛보고 싶어 찾아 헤맬 때는 보이지 않던 냉이가 온 밭을 장악하고 있었는지 꽃이 피어서야 알았다. 바람이 꽃대를 흔들어 앙증맞은 애교를 부린다. 이 꽃은 쭈그리고 앉아 한참을 들여다보아야 예쁘다.

언제나 휘엉휘엉 나뭇가지의 흔들림을 보고 바람을 알아차렸다. 오늘에서야 비로소 작은 풀꽃에 이는 봄바람을 보았다. 이즈음에 피는 꽃만큼이나 예쁜 이름이다. 꽃샘. 잎샘. 화투연(花妬娟). 꽃불을 질러 놓은 것도, 그 불을 온 세상에 번지게 한 것도 바람이었다.

내가 아는 그녀는 나보다 열댓 살 위다. 알고 지낸 지 스무 해를 넘기도록 남을 나쁘게 말하는 것을 본 적이 없다. 늘 긍정적이고 겸손한 분이다. 글을 쓰면서 시작된 만남이지만 인간적으로 존경하게 되었다. 나보다도 감성이 풍부하여 소녀 같다.

그분의 부군은 사과농사를 짓는 농부다. 아파도 옆에서 챙겨주는 법도 없고 따뜻한 말 한마디 할 줄 모르는 멋없는 남편이었다. 부인은 그저 일을 부리는 도구로 생각한다고 했다. 외골수로 보수적이고 무심하여 많이 답답하고 힘들어했다. 그녀의 낭만을 억압하고 넘치는 감성을 눌러버리는 야속한 사람이었다. 부부의 틀에 순응하며 사느라 입은 상처는 곁에서 보기에 안타까웠다.

부군의 병환 소식을 들은 지 두해 만에 돌아가셨다는 비보가 전해졌다. 지인들은 연세도 있으니 망인에게는 안 되었지만 슬퍼하기보다 반기는 내색이었다. 조문을 온 손위의 지인은 귓속말을 했다. "B여사. 이제 날개를 달은 겨." 모두들 그 말에 동참하는 눈치였다. 정작 많이 힘드냐고, 얼마나 아프냐고 위로해주는 이는 아무도 없고 오히려 잘 된 일이라고 했다.

그녀가 지아비의 구속에서 벗어나 한껏 훨훨 날아오르기를 기대했다. 자유의 지느러미를 달고 넓은 바다를 맘껏 유영할 줄 알았다. 늘 한쪽에 드리워진 그림자를 벗고 달라진 환한 얼굴을 기다렸다. 구속의 사슬을 벗어 던지고 자적하리라 믿었다.

배우자를 잃은 슬픔은 사람이 받는 스트레스 중에 가장 강도가 세고 오래가는 것이라고 한다. 사별의 반응은 네 단계로 처음에는 충격으로 오고 다음은 죽음을 부인하게 된다고 한다. 그리고 슬픔이 밀려온 후에는 그리움이 다가온다는 것이다. 어찌 부부의 정을 사그리 무시하고 홀가분하리라 속단했는지 후회가 된다. 옆 사람의 부재는 둘이 공유한 시간들을 잊는 것이다. 때로는 미풍으로도 잠잠해진 기억들이 먼지처럼 일어나기도 할 것이다. 걷히다가도 금세 희뿌옇게 마음을 흐려 놓는 법이다.

그녀에게는 슬퍼할 겨를이 없었다. 다들 괜찮을 거라 미리 속단하여 위로조차도 받을 기회가 없었다. 아무도 자기의 마음을 알아주지 않아 마음 놓고 울 수도 없었을지도 모른다. 누가 볼세라 억눌러 참아 쌓아둔 감정이 우울로 빠져들게 한 듯 보인다. 사별한 지 여섯 해가 지난 지금도 어두운 얼굴이 안쓰럽다.

낮은 곳의 작은 풀꽃도 바람을 탄다. 하물며 사람과의 이별로 하여 허허로운 벌판에서 불어오는 바람에랴. 섧은 바람소리를 듣는다. 끊어질 듯 간신히 이어지는 비파소리 같은 바람소리를 듣는다. 아무도 모르게 숨어 우는 그녀의 울음소리인 것만 같아 자꾸만 귀를 세우고 있다.

꽃잎을 다 떨어뜨리는 화투연(花妬娟)이라 해도 좋다. 지금쯤은 그리움이 밀려와 차여있을 터이다. 누구에게도 들키기 싫은 그녀를 위해 바람아 더 세게 불어다오. 그녀가 목청껏 울 수 있도록. 그때 못한 슬픔을 꽃잎이 떨어진다는 핑계를 대고 나도 같이 펑펑 울어주고 싶다.

(2019. 4.)

12월은

눈길을 옮기다가 12란 수에서 멈추어 섰다. 벽에 붙어 있는 달력이 동지임을 말해준다. 초조해지는 시각이다. 나이는 어김없이 한 살을 보태고 자꾸만 주름살을 늘려가고 있다. 갈수록 빨라지는 속도감은 어지럼증이 난다. 아무리 줄여보려 브레이크를 밟아도 이미 속력을 낸 나이는 가속페달로 변속하는 묘한 재주를 부린다.

12는 신비스런 숫자다. 우주의 질서와 함께 완전한 주기를 상징한다. 1년의 달수, 하루를 오전과 오후로 나뉜 시간이 12다. 그리스 신화의 신과 인도 경전 베다에 등장하는 신의 수도, 예수의 제자도 12다. 동양의 간지(干支)를 이루는 12지도 마찬가지다. 피아노 건반의 1옥타브를 이루는 반음의 수나 키보드의 기능키도 같은 수다. 이런 이유로 12는 동, 서양을 막론하고 신성한 숫자 대접을 받아왔다.

한 해를 마감하는 이즈음에 교수들이 그 해의 사회상을 담아 사자성어를 선정한다. 올해는 의견을 모아 공명지조(公明之鳥)를 뽑았다. 우리의 현재 상황을 상징적으로 표현한 단어다. 덧붙여진 설명에는 마치 공명조(公命鳥)를 바라보는 것만 같아서 선택했다는 것이다.

공명조(公命鳥)는 슬픈 전설의 새로 한 몸에 머리가 둘인 새다. 둘은 언제나 교대로 잠을 자거나 깨어있다. 하나의 몸통으로 목숨을 같이하는 운명이다. 상생하는 처지임에도 불구하고 서로 시기와 질투를 했다. 하나가 자는 사이에 깨어있던 다른 하나가 몸에 좋고 맛있는 열매를 혼자만 챙겨먹었다.

이를 안 다른 머리가 못내 섭섭하고 분한 마음을 누르지 못해 어느 날 독이 든 열매를 몰래 먹었다. 상대에게 고통을 줄 요량으로 저지른 일이다. 결국 독이 온몸에 퍼져 둘 다 죽게 되었다. 자신도 죽을 줄 모르던 어리석은 이 새는 히말라야의 높은 설산이나 극락세계에 사는 아름다운 목소리를 가진 상상의 새라고 한다. 공명조를 빌어 사람들의 아둔함을 일깨우고 싶은 의도였으리라.

공명지조(公明之鳥)는 극단적으로 대립하고 분열하는 우리의 자화상을 꼬집는다. 어느 한쪽이 없어지면 자기만 잘 살게 될 거라 생각하지만 모두가 공멸하게 된다는 안타까운 메시지를 담고 있다. 남을 밟고 일어서야 내가 살수 있다는 이기심으로부터의 자성을 하라는 울림인 듯하다.

이 울림은 나로부터 출발하여 가정으로 공명되어야 한다. 나아가 사회로까지 진동이 이어져 나란히 어깨를 부딪치며 앞서거니 뒤서거니 하는 삶. 너도 나도 함께하는 삶이야말로 행복한 세상임을 말해주는 사자성어다.

　도랑을 펄쩍 건너 뛰어온 12월. 가는 서운함은 있어도 후회는 없다. 이만하면 열심히 살았다. 여전히 나이가 느는 것에 대한 체기는 있지만 거부하지 않는다. "이제 장미는 없지. 그 대신 국화가 있지" 어디서 들은 지도 모를 대사가 떠오른다. 이제 내 나이를 순순히 받아들인다. 새해의 계획을 세우기 전에 지난해를 뒤돌아보게 된다. 아름다운 시작을 꿈꾸기보다 아름다운 끝을 선택하게 되는 달이다.

　충청북도 교육청은 2020년 사자성어를 시우지화(時雨之化)로 택했다고 한다. 때를 맞추어 내리는 비라는 뜻이다. 초목의 생장에 있어서 잘 자랄 수 있도록 제 때에 비가 내리면 그 성장이 빨라지니 얼마나 희망적인 메시지인가. 경자년에 선정되는 사자성어는 따뜻한 온기를 담은 단어이기를 소망해 본다.

　나의 올해의 사자성어는 무엇일까. 고생 끝에 낙이 온다는 뜻의 고진감래(苦盡甘來)가 기다렸다는 듯 튀어나온다. 지금까지 잘 견뎌 준 나에게 주는 위로다.

　"가라 옛날이여.　오라 새날이여"

　제야의 종소리를 들으며 이해인 수녀님의 12월의 시로 기해년을 마무르리라.

(2019. 12.)

꽃이 피기까지

"나는 죽었다." 마지막 인사도 영화 같다. 영화음악의 거장 엔니오 모리코네가 남긴 셀프부고다. 일종의 유언 성격으로 삶을 함께한 가족에 대한 각별한 애정을 표현했다. 지인에게도 정 깊은 작별 인사의 내용을 담았다. 그는 자신의 장례를 가족장으로 조촐하게 치르고 싶다며 내가 얼마나 당신들을 사랑했는지 기억해달라고 고별을 고했다.

그는 500편이 넘는 영화음악을 만든 20세기 최고의 음악가이다. 영화도 많이 보지도 알지도 못하는, 음악에 대해 문외한인 나도 미션이나 황야의 무법자는 여러 번 들어보았다. 내가 알 정도니 말할 나위가 없다. 모르는 이들이 드물 정도의 대단한 음악가인 셈이다. 그가 낙상으로 대퇴부 골절상을 입어 치료를 받아오다 며칠 전에 숨을 거두었다고 한다.

이렇게 미리 유언장을 작성하는 것은 웰다잉을 위한 정리에 속한다. 종활(終活)은 일본어로 슈카쓰로 우리보다 먼저 고령화가 진행

된 일본사회의 신조어다. 인생의 마지막을 맞이하기 위한 다양한 준비활동이라는 뜻이다. 장례 및 묘지준비, 유언, 상속절차와 더불어 최근에는 은퇴 후 자산운용도 포함이 된다. 엔딩산업 또는 죽음산업이라 하여 이 시장이 점점 커져가는 추세다.

경남 창원의 국도변에 대나무가 꽃을 피웠다. 씨앗이 아닌 땅속의 뿌리로 번식하는데 꽃이 핀 것은 매우 드문 일이다. 대나무 꽃은 신비롭고 희귀해 국가에 좋은 일이 있을 징조로 알려져 있다. 개화의 원인은 밝혀진 사실이 없다. 60~120년 만에 핀다는 주기설이 있을 뿐이다. 또 특정한 영양분이 소진돼 발생한다는 설도 있다.

대나무는 꽃이 피기까지 혼신의 힘을 다한다. 하나가 시작하면 주위의 모든 대나무가 번지듯이 한꺼번에 꽃을 피운다. 꽃이 피기 시작하면 기존에 자라고 있던 줄기와 뿌리가 완전히 죽게 된다. 그리고는 모두 죽어 버린다. 이처럼 개화를 끝낸 나무가 말라죽는 현상은 개화병(開花病)이라 불린다. 뿌리에서 숨은 눈이 자라서 다시 전과 같이 숲으로 회복하는데 10여년이 걸린다고 한다.

이 병은 어쩌면 살려는 열망에서 비롯된 것인지도 모른다. 군락을 형성하는 대나무가 한곳에서 오랫동안 번식하게 되면 영양분이 모자라게 될 때가 온다. 거기에 죽순은 하루에 1미터도 넘게 자라느라 얼마나 많은 양이 필요할 것인가. 더 이상 죽순으로 번식하는 게 불가능해지면 꽃을 피우기 위해 안간힘을 하게 된다는 것이다. 죽순대신 번식하기 위한 방법으로 씨앗을 선택하지 않았을까 싶다.

대나무는 꽃이 피기까지 급하게, 바쁘게 산 일생이었다. 자고 나면 쭉 키가 자랐다. 생장이 빨라서 미처 속을 채울 시간도 없었다. 길디긴 길이를 버티려니 단단해야 해서 중간 중간 매듭을 만들었다. 꽃은 어긋버긋 피지 않는다. 일제히 한껏 벙근다.

이 모습에서 종활(終活)을 느낀다. 나무는 더는 버틸 여력이 없음을 자신이 감지했을 게다. 곧 닥칠 죽음을 예견하고 시들시들 말라가기보다 피어나며 유언을 전하고 있는 듯하다. 100년을 보여준 곧은 모습과 기개를 잊지 말라는 나무의 유서다. 꽃으로 기쁨을 주어 사람들의 기억에 오래 남고 싶었던 건 아닐까.

한 생을 사르고 댓잎이 스러진다. "나는 죽었다." 모리코네의 유서가 대나무의 부고로 날아든다. 끝맺음도 의연하다. 휴면을 위한 절규하듯, 열규하듯 꽃을 피우고 있다.

(2020. 8.)

그리움의 간격

괴물의 출몰로 온 세상이 떠들썩하다. 냄새도 없고 볼 수도 없는 괴이한 놈이다. 형체 없이 떠돌아다니며 동에 번쩍 서에 번쩍 신출귀몰한다. 사람들 사이를 이간질 하듯이 서로 간에 전염을 시킨다. 잠깐 나타났다 사라지려니 하는 설마 하던 마음을 싹 쓸어간 불안에 떨게 만드는 코로나19다.

잠잠해지던 녀석이 12월 들어 횡포가 더 심해지기 시작한다. 느슨해지던 모임에 또 다시 급제동이 걸려 사람과의 만남을 끊어 놓는다. 어디에서나 사람과의 거리두기 2m를 지키라고 한다. 밖에 돌아다니는 것도, 누구를 만나기도 무섭다. 사람과의 전파로 하여 외출을 하지 못하니 다들 갑갑증으로 힘들어한다.

2m는 건강거리의 기준이다. 이는 1930년대 폐결핵 연구가 활발하던 당시 사람의 침방울이 중력에 의해 포물선을 그리며 떨어지는 거리를 발견했다. 비말입자가 크더라도 중력이 작용해 보통 2m이내에 땅에 떨어진다고 해서 안전한 거리가 되었다고 한다.

사회적 거리두기 2m의 공간적 거리를 나라들마다 다르게 표현한 그래픽을 보았다. 프랑스에서는 바게트 3개로, 핀란드는 어린 무스 한 마리가 그려져 있다. 또 스웨덴은 세계적 기업 이케아의 암체어 2개, 체코는 아이스스틱의 길이만큼으로 나타내고 크로아티아는 넥타이3개로 디자인한 모습은 그 나라의 상징들을 보여준다.

길게 극성을 부리는 코로나19를 이겨내는 방법으로 여러 모습을 보여준다. 보지 않던 책을 본다는 이도 있고 뜨개질을 하는 이들도 늘어난다. 아이들을 위해 집안에 놀이방을 꾸며주기도 하고 근사한 카페를 연출하는 이들도 있다. 저마다의 방법으로 괴물과 투쟁중이다. 혼자서는 소용없음을 알기에 같이 노력중인 것이다.

이 같은 거리두기로 사람들의 선이 분명해지는 것 같다. 어정쩡하던 사이가 또렷해지고 지저분하게 널려있던 연(緣)줄이 끊겨져나간다. 얽힌 감정들도 함께 쌈박해진다. 더구나 보고 싶은 사람을 보지 못해 그윽해지기도 한다. 내 눈에 비춰진 2m엔 피어나는 그리움이 보인다. 가끔은 사람과의 관계도 정리가 필요한 법임을 말해주고 있다.

사람끼리 더 애틋해지기도, 멀어지기도 하는 거리감이다. 가깝던 사람이 서먹서먹해지고 멀리 있던 사람이 가슴으로 다가오기도 한다. 생각이 깊어지고 오랜 기억을 소환시킨다. 속을 살살 헤집고 걸린 꼬투리를 끄집어내자 줄줄이 감자알이 나오 듯 딸려 나온다. 오랜 시간에 덮여있던 알음모름한 지난 일들이 잊힌 사람들과 함께 내게로 온다.

불현듯 울컥 울음통이 솟는다. 그냥 모르는 척 지나치려 해도 자란자란 차올라 목울대에 걸린다. 느닷없이 쳐들어오는 이 공격의 정체는 무엇인고. 아리아리하게 입속에서 남아 맴도는 매운 맛이 톡 쏘아대는 겨자를 닮아있다. 이렇게 오랜 그리움이 다문다문 오고 있다.

지나간 시간들은 다 아쉬운 법이다. 이제껏 등 뒤에 숨어있던 그리움이 나이만큼 내게로 온다. 저마다 그 간격이 보인다. 팔을 뻗으면 닿을 듯 닿지 않는 거리. 가까운 사이에는 멀지만 데면데면한 이들에게는 그리 멀지 않은 거리. 훤히 바라다 보이는, 상대의 얼굴에 티가 흐려져 더 예뻐 보이는 거리. 2m. 가깝지도, 멀지도 않은 적당한 간각(間刻)이다.

서로가 잘 보이지만 터치할 수 없고 소원해 질수 없는 거리. 그래서 바라보기만 해도 좋을 거리인 그만큼의 간격을 이참에 그리움의 간격이라 말하고 싶다. 나도 누군가에게 그런 사람이고 싶다.

(2020. 12.)

흔적

햇살이 화하다. 들로, 산으로, 나무 끝에 호듯호듯 내려앉는다. 당양한 볕살이 메말라 보이던 나무에 초록의 생명을 불어넣는다. 가지에 순을 틔우고 꽃잎도 부신 눈을 뜬다. 봄은 무채색 위에 고운 색을 덮어 환하게 변신중이다. 세상은 지금, 겨울의 흔적을 지우느라 눈코 뜰 새가 없다.

전령사인 꽃들이 다투어 황홀경을 펼친다. 이 유혹을 외면하지 못한 상춘객들은 눈치를 보면서까지 꽃구경에 몰린다. 코로나로 사회적 거리두기도 소용이 없다. 누구인들 주저하지 않을 수가 있을까. 가지 못해 안달이 나 자꾸만 곁눈질이 간다. 쉬 뿌리치지 못하는 지독한 유혹이다. 어쩌면 한때 꽃처럼 기억되는 시절의 아쉬움을 달래보고 싶어서 일지도 모른다.

계절은 겨울의 자취를 감추고 봄으로 흘러간다. 뒤를 따라 여름을 거쳐 가을로, 또 겨울로 오겠지만 인생의 계절은 돌아오는 법이 없다. 기억의 편린들이 무시로 다시 나를 불러낸다. 세월이 흘러도 살아남는 삶의 흔적이다. 어인 일인지 잊고 싶은 생각일수록 더 선명해진다. 마치 한번 빠지면 빠져나오려 애쓸수록 더 깊이 빠져드는 펄 같은 그리움처럼 말이다.

남의 흔적을 지우는 사람들이 있다. 극한 직업인 특수청소전문가다. 삶의 흔적과 죽음의 흔적을 지우는 이들이다. 현장을 보면 집주인의 삶이 유추된다고 한다. 마음의 병을 앓는 사람들. 언젠가 필요할지 모른다는 생각이 물건을 버리지 못하고 쌓아두는 저장장애를 가진 그들을 대신해 청소를 해 준다. 쓰레기 더미의 좁은 방에서 득실대는 벌레와 몇 톤의 오물이 나온다. 악취와 세균을 소독으로 마무리하여 지저분했던 삶의 자취를 없앤다. 이들의 강박을 깨끗이 치워주는 일이다.

죽음의 흔적을 없앨 때는 제일 먼저 망인을 향한 묵념으로 애도를 표한다. 고독사(孤獨死)는 한겨울에도 집안의 구석구석에 차가운 기운이 덮여 썰렁하니 아무도 드나든 표시가 없어 안타까워한다. 경험으로 보면 가난한 이가 혼자 죽는 것으로 보인다는 것이다. 가난과 외로움은 오랜 벗처럼 느껴지는 이유다.

이런 일을 마치면 인생이 덧없어 허탈하다는 그들이다. 고독사를 치른 날은 짙은 외로움이 폭풍으로 몰려와 힘들어하는 모습이다. 사고현장에서 끔찍한 광경을 접하는 날은 내내 피비린내가 코끝에 남아있어 아무리 손을 씻고 몸을 닦아도 배어있는 듯한 냄새가 가시질 않는다는 말에서 고통을 본다. 쉽사리 잠을 이루지 못하고 악몽에 시달린다. 죽음이 늘 묻어있는 손의 트라우마가 생겨 피아노를 배운다는 이도 있다. 손끝에 더듬어지는 암울을 멜로디로 밝게 승화시키고 싶은 마음인 듯하다.

산다는 건 하루하루가 흔적을 남기는 일이다. 물건을 만져도 손자국이 남는 법인데 사람과의 관계는 오죽하랴. 남에게 심겨진 인상이 오래 남기도 하고 금세 잊히기도 한다. 오래도록 기억하고 싶은 사람이 있는가 하면 억지로 잊고 싶은 이도 있다. 누군가에게 각인된 무늬가 다르기 때문이다.

머물던 자리를 떠난다 하여 그 사람에 대한 기억이 아주 없어지는 게 아니다. 다른 사람들이 '나'를 기억하고 있다. 새로 근무하는 일터에서 온 손님들이 전보 간 직원에 대해 묻는다. 찾아도 없으니 걱정스런 표정이다. 새로운 근무지를 전하니 안부를 궁금해 한다. 출.퇴근 거리가 멀어 힘들겠다고 염려하는 모습도 본다.

내가 떠나온 곳에서의 나의 흔적은 어떨까. 오래도록 여운으로 남아 문득문득 안부가 궁금해지는 사람이 되고 싶다. 사는 동안은 누군가에게 잊힌 사람이 되고 싶지 않다. 그곳에 은은한 향기로 배어 있으면 좋겠다. 산책길에 눈에 들어온 갈대. 다음 해 봄까지 마른 대궁을 길게 올리고 바람에 일렁이고 있는 질긴 미련처럼 비친다.

이제 집착을 버리는 연습이 필요한 나이. 이 세상 스러지는 날, 겨울이면 땅으로 사그라져 흔적 없는 한해살이풀이 되고 싶다.

(2021.3.)

꽃이 피고서야 알았다

여름휴가를 떠났다. 어느 해보다도 긴 휴가다. 얼마 만에 주어진 아들과의 시간인지 모른다. 모처럼 귀한 시간을 내주어 특별보너스를 받은 느낌이다. 그동안 내게 곁을 주지 않는 것 같아 서운했다. 친구들이 SNS에 자식들과 여행 가서 찍은 사진을 볼 때면 어찌나 부럽던지. 가끔 심술이 불쑥불쑥 튀어나온다.

시간을 다투고 있는 아들을 머리로는 이해하면서 어쩌다 섭섭할 때가 있다. 이 무슨 모순인지 모른다. 가족이 어렵게 맞춘 휴가를 제주에서 마음껏 즐길 요량이다. 기다리는 동안 아이처럼 들떠 내내 미소가 떠나질 않는다. 공항 가는 길은 설렌다. 비행기가 이륙하는 순간에 훅 쳐들어오는 쫄깃한 긴장감이 좋다.

제주에는 세컨드 하우스가 있다. 애월에 위치한 조그만 집은 열흘을 매직에 빠지게 할 것이다. 나의 오랜 꿈이기도 한 제주살기였다. 도저히 이룰 수 없는 꿈인 줄 알지만 입버릇처럼 달고 살았다. 꿈을 꾸는 자 만이 꿈을 이룰 수 있다고 했다. 나만 보아도 그렇다.

옆에서 제주살기 타령을 자주 들은 그이는 혼자서 심각했다고 한다. 허투루 넘기지 않고 고민했던 모양이다. 넝쿨장미가 담장을 넘던 오월의 어느 날, 그이가 제주에 집을 사자는 것이다. 이 달콤한 유혹을 뿌리칠 수가 없었다. 지금껏 고생만 시킨 미안함을 내게 보상해주고 싶은 마음이라고 했다. 그렇게 후다닥 우리 집이 되었다. 가족이 제주에서 휴가를 보내다니. 아직도 꿈을 꾸고 있는 것만 같다.

처음 이 집을 보러온 게 5월이었다. 2층 테라스에서 훤히 내다보이는 풍경이 좋아서 선택한 집이다. 바로 앞에는 밭이 있고 너머에는 낮은 산이 보여 마음이 갔다. 밭에는 내 키 정도의 나무들이 심겨있는데 도무지 무슨 나무인지 알지 못했다. 다른 나무는 한창 꽃을 피우건만 잎만 푸를 뿐이었다.

6월, 7월에도 나무는 같은 모습이었다. 띄엄띄엄 올 때마다 변하지 않고 그대로다. 왜 저런 나무가 심겨져 있는지 슬슬 심통이 났다. 저 나무를 뽑고 귤나무를 심었으면 좋겠다. 천지가 수국인데 수국을 심었으면 했다. 얼굴도 모르는 밭 주인을 향해 볼 때마다 애매한 투정을 쏟아냈다.

다시 8월, 온 밭이 붉은색이다. 예상 밖의 풍경에 놀란다. 밤에 와서 몰랐는데 아침에 누리는 눈의 호사다. 햇살이 꽃잎에 눈부시게 부서지고 있다. 낙화로 누운 꽃잎 위로도 동살이 쏟아진다. 가장 뜨거운 여름에 지난겨울 나무를 감쌌던 수피를 다 벗고 맨살을 드러내며 화사하게 꽃을 피운 배롱나무였다. 한참을 보고서야 알아차린다.

첫 꽃이 지면 곁 꽃이, 곁 꽃이 지면 그 옆의 꽃망울이 서로 피었다지며 백일동안 피는 꽃. 지칠 줄 모르는 끈질긴 개화를 이어간다. 한 해를 지켜보지도 않고 투정을 해댄 나의 인내가 부끄럽다. 미안한 마음에 내 볼도 꽃처럼 붉어진다.

꽃이 피어서야 알았다. 배롱나무인 줄 꽃을 보고서야 알았다. 기다리면 나무도 제 모습을 보여준다. 나무는 나무대로, 꽃은 꽃대로 기다려 볼 일이다. 삶도 마찬가지다. 아들로 하여 한때는 조바심으로 안달했던 적이 있었다. 다 제자리를 찾아가건만 기우(杞憂)였음을 이제야 안다. 자식 농사는 어떤 사람으로 커 가는지 관심으로 지긋이 기다릴 줄 알아야 한다. 기다림은 설렘을 품고 있다던가. 누구도 앞에 일어날 일을 모르기에 생긴 말이 아닐까.

바람이 가만가만 밭을 지나간다. 꽃술이 간지러운지 몸을 살래살래 흔든다. 가만, 귀재면 꽃이 와삭대는 소리가 들린다. 내게는 벙글기 전 꽃잎의 설렘의 아리아처럼 느껴진다.

(2021. 8.)

시절 인연

그녀를 기다린다. 가슴이 뛴다. 다가오는 발자국이 모두 내게 와 멈출 듯, 지나간다. 그렇게 두어 번 나를 지나쳐가고 누가 박꽃같이 환한 얼굴로 걸어온다. 우정이다. 38년이라는 세월의 강을 흘러온 서로를 한눈에 알아본다. 얼마만의 재회인가. 긴 시간을 거슬러 올라 여고생이 된다. 못 알아볼까 봐 한 걱정은 기우였을 뿐 자주 만난 사이로 금방 돌아간다.

고등학교를 졸업하면서부터 연락이 끊겼다. 어디서 무얼 하는지 알 길이 없던 친구였다. 마음 안에는 늘 남아서 혹시 지나가는 바람 결에라도 소식이 들려오면 반가우련만 귀를 열어놓아도 허사였다. 까마득하게 나이를 먹은 지금에 와서 놀라운 일이 벌어진 건 기적이 었다.

삼 년 전 어느 날, 울릉도 가는 배 안에서 처음 보는 여인네들의 수다가 시작되었다. 안산에 사는 그녀와 음성에 사는 지인인 둘은 사소한 이야기로 대화를 하게 되었다. 아무 뜻 없이 어디서 왔느냐고 던진 물음이 커다란 파장을 몰고 왔다. 안산의 친구는 음성이라는 고향의 지명이 나오자 반가웠던지라 대화가 길어졌다. 그러다 내 이름이 튀어나온 것이다.

하필이면 그 시간에 그곳에서 나를 잘 아는 사람끼리 만나게 되고 둘에게서 내가 공통 화제가 되어 이어준 인연이다. 이런 일도 다 있을까. 믿기지 않을 만큼 놀랍다. 꿈을 꾸는 듯, 영화의 한 장면처럼 감동적이다. 이제야 만났다. 오늘, 끊겼던 인연을 다시 잇는다. 자연의 섭리를 따라 흘러들어온 시절인연(時節因緣)이 이런 것인가 보다.

불교용어로 시절인연은 명나라 말기의 승려인 운서주굉이 편찬한 선관책진(禪關策進)에 나온다. 인연이 도래하면 자연히 부딪혀 깨져서 소리가 나듯 척척 들어맞으며 곧장 깨어져 나가게 된다는 구절에서 따온 말이라 한다. 불교의 인과응보설에 의하면 아무리 거부해도 때와 인연이 맞으면 좋은 일이든 나쁜 일이든 일어날 수밖에 없다고 되어있다. 굳이 애쓰지 않아도 만날 사람은 만나게 된다. 또 애를 써도 만나지 못할 인연은 만나지 못한다는 인연설이다.

오랜만에 만난 둘은 깊은 기억 속에서 옛이야기를 끄집어낸다. 여고 1학년 시절에 펜팔이 유행이었다. 그녀와 나는 서울에 사는 남학생들과 펜팔을 주고받았다. 나는 얼마 가지 않아 연락이 끊겼다. 그녀는 길게 이어져 몇 번의 만남까지 가졌다는 것이다. 어쩌다 소원해지고 멀어진 그를 아득한 세월이 흘러서 찾아 나섰다고 한다. 그만큼 궁금했던 마음이 컸던 것이리라.

얼마 전 기어코 그를 다시 만났다고 했다. 괜히 만났다고 후회를 하고 있었다. 소중히 간직했던 추억이 단번에 사라져 환상이 다 깨졌다고 한다. 그냥 그대로의 좋은 기억으로 남기는 게 나을 뻔했다는 그녀에게서 피천득의 인연을 떠올린다.

열일곱 되던 봄에 만난 아사코를 사랑하게 된 그는 그때의 그녀를 어리고 귀여운 꽃인 스위트피이를 닮았다고 표현했다. 그리고 두 번째의 만남은 십 년 하고도 삼사 년이 더 지나 만난 모습을 청순하고 세련된 목련꽃에 비유하고 있다. 그 후 또 십여 년이 지나 수소문 끝에 결혼한 그녀를 만났다. 세 번째는 시드는 백합처럼 초라해져 있었다고 했다. 그리고 마지막은 아니 만나야 좋았을 것이라고 아쉬워한다.

피천득과 아사코의 인연이 안타깝다. 친구 또한 잊지 못할 풋풋한 시간들이 미련으로 남았을 터이다. 이루어지지 않은 두 사람은 속에 간직한 채로 둘 걸 하는 후회를 남기고 있다. 추억은 추억으로 남을 때 아름답다는 속내를 말해준다. 멀어져간 인연을 억지로 붙잡아 놓으려 한들 곁에 머물지 않는 법이다.

시절인연. 내가 좋아하는 말이다. 오랜 추억을 소환하여 그리움을 불러내는 말. 아련한 설렘이 슬며시 틈을 비집고 나오는 말. 만날 사람은 언젠가 만난다는 인연설이 와 닿는 하루였다. 마음 날씨가 하 수상하다. 몽글몽글 피어오르는 안개가 자욱해지는 것이….

(2022. 6.)

봄이라서 다행이다

아침이 여유롭다. 출근 시간에 쫓겨 허둥대느라 전쟁터이던 아침이 느슨한 평화로 바뀌었다. 급하게 차리던 아침상도 서두를 게 없는 일상이다. 처음 맛보는 초콜릿을 입안에 넣은 달콤함이 느껴진다. 백수가 되어 누리는 호사다. 이렇게 느리게 시간을 다루는 법을 알아가고 있다. 그 아침이 시작이다.

오늘이 며칠인지, 무슨 요일인지 잊고 지낸다. 굳이 기억하고 살 이유가 없다. 약속이 있거나 계획이 있는 날을 빼고는 달력을 머릿속에 기억하려 애쓰지 않는다. 쉰의 막바지에 와서야 주어진 긴 자유를 틀에 구속당하고 싶지 않다. 그이를 출근시키자 내 세상이다. 아파트의 작은 공간이 온통 나를 중심으로 돌아간다. 음악을 틀어도 괜찮고 차를 마셔도 좋다. 소파에 앉아 책을 보다가 거실로 들어온 한낮의 볕에 낮잠이 밀려들어도 가만히 둔다. 아무도 나를 방해하지 않는다.

백수가 되어서도 아침에 빼놓지 않는 불문율이 있다. 화장은 민

낮이 자신이 없어서이기도 하고 정리가 안 된 기분이 싫어서다. 무언가 지저분하게 널려있어 머릿속도 말끔하지가 않다. 더 늘어지게 되고 해이해지는 것 같아서다. 남을 위한 일이기도 하지만 나를 위한 일이기도 하다. 그래야 비로소 마음의 여유도 제동이 걸린다. 내 오랜 습관이다.

다 제쳐놓고 엉망인 채로 글을 써야만 잘 써진다는 이도 있다. 나로서는 이해 불가다. 주위가 어지러우면 생각이 서로 뒤엉켜 엉망이 되는 느낌이다. 아무리 급해도 잘 정리가 되어 있어야 차분해지고 글 쓸 마음이 생긴다. 누군가는 유난스럽다고 할지도 모른다. 그게 내 버릇이 되었다.

노트북 앞에 앉아 몇 줄을 채우지 못하고 밖이 궁금하여 눈길이 창문으로 향한다. 잎들이 바람에 일렁이는 모습이 싱그럽다. 유난히 바람을 타는지 파르르 떠는 잎은 힘에 부쳐 보인다. 분명 같은 바람일진대 살랑이는 잎도 있다. 나무나 사람이나 똑같은 바람이 아닌 건 마찬가지인가보다. 눈을 옮겨보면 온 천지가 색색으로 피어나는 요염한 꽃들로 가득하다. 이 고운 4월을 엘리엇은 왜 가장 잔인한 달이라 했을까.

4월만 되면 나는 이 구절이 화인(火印)처럼 박혀 있다가 떠오른다. 당시의 사회상을 떠나 한 사람의 상처를 들여다본다. 프랑스 유학 시절, 그와 절친했던 의대생 친구가 1차 세계대전에 참전하여 해전에서 전사했다는 전갈을 받았다고 한다. 스위스 로잔에서 요양하며 글을 쓰고 있을 무렵이었다. 엘리엇은 그 친구가 라일락이 핀 공원을 가로질러 오는 듯한 환상에 몸서리쳤다고 했다. 라일락이 그에게 있어 생명과 죽음이 교차하는 상처였다. 꽃이 피는 4월이 아픈 이유였다. 그런 일이 일어나지 않은 겨울이 오히려 더 따뜻했다고 〈황무지〉에서 말하고 있는 것이다.

주위에 보이는 밭들은 이미 작물이 심어져 푸릇하다. 그이가 아프다는 핑계로 게으름을 피우다 안되지 싶었다. 농막의 텃밭을 황무지로 내버려 둘 수가 없다. 농사라야 고추 몇 포기, 가지 몇 포기. 오이도 심는다. 상추는 종류별로 조금씩 밭을 메꾼다. 모종을 심으며 어느 때보다도 더 정성을 들인다. 물을 주고 꾹꾹 눌러 다져준 뒤 흙으로 잘 돋군다. 어여쁘다. 이 키 작은 생명에 애착이 간다. 그이가 아프기 전까지는 건강의 소중함을 몰랐다. 몸을 챙길 줄 몰랐다. 쓰러지지 않으면 괜찮은 줄 알았다.

엘리엇의 잔인한 4월처럼 나에게도 아프다. 꽃이 피어도 기쁘지 않은 봄. 세상을 밝히는 꽃이 있고 나무들의 싱그런 신록을 볼 수 있어서, 자꾸만 풍경이 나를 끄는 그런 봄이어서 다행이다. 칙칙한 겨울이었다면 싸매고 어둠 속으로 더 움츠러들었을 것이다. 춥다고 문을 꼭 처닫고 밖으로 나갈 엄두도 내지 못했을 것이다. 그래도 지금이 봄이라서 다행이다.

(2023. 4.)

비로소 알아가는 것들

새벽 세 시. 방안으로 밝은 빛이 숨어들어와 자는 나의 감관을 건드린다. 달빛 유혹이다. 휴~. 한숨을 내쉰다. 오늘에서야 살 만하다. 사흘을 죽게 앓았다. 몸살에 설염까지 겹쳐 코로나보다도 더한 통증의 고통과 마주한다. 나는 아픔에 오롯이 포박당하고 만다.

사정없이 찔러대던 목의 가시 통증이 가라앉고 화끈거리던 설염도 증세가 덜 했다. 몸이 나아진 기미가 보이자 그이의 코치 본성이 발동되는가 보다. 오후가 되어 골프연습장을 가자고 한다. 나의 골프 레슨은 프로를 만나는 시간이 잠깐이라 실력이 늘지 않는다하여 틈만 나면 볶아대는 실제 코치가 그이다. 늘 스파르타식이다. 요즘 조금씩 나아지는 나에게 이럴 때 바짝 고삐를 틀어쥐어야 한다고 닦달을 해댄다. 못 이기는 척 나섰다.

5개월 차 골린이인 나는 4개월 동안을 7번 아이언과 씨름했다. 볼을 제대로 치지 못해 뒤땅을 치자 갈수록 그이의 핀잔과 잔소리는 수위가 높아갔다. 둘 다 스트레스가 극에 달했다. 운전이나 골프는 부부끼리 배우는 게 아니라는 말에 깊이 공감하는 순간이다. 잠시 포기할까도 생각했다. 고민이 길어지면 변수가 생기기 마련이다. 지금까지 들어온 핀통이가 억울하고 시작을 했으면 끝을 보아야 한다는 결론을 내린다. 포기, 그 후에 찾아올 후회가 오래도록 나를 괴롭힐 게 뻔하기 때문이다.

드디어 5개월째 환희의 세상을 만났다. 답답한 시간을 이겨내니 또 다른 세계가 기다리고 있을 줄이야. 내 볼이 떠서 저 멀리 날아가는 모습은 감동이다. 이제 둘이 골프 칠 맛이 난다며 코치는 흐뭇해한다. 레슨을 끝내고 채를 싣는 그이에게서 흐뭇한 표정을 읽는다. 그 이유가 소박하다. 작년까지만 해도 한 개였는데 두 개의 골프채를 싣고 다녀서라는 것이다. 내가 포기 안 하길 참 잘했다는 생각이다.

어제는 새로 입주할 아파트 박람회를 다녀왔다. 사람들로 북적거려 긴 시간을 보내고 알게 된 사실이 새롭다. 30년 전에 지금 사는 아파트에 이사 올 때는 청소만 하고 들어왔다. 나노코팅, 탄성코트는 생소하다. 코팅막을 형성하여 오염을 차단할 수 있어 세균 번식을 막아주고 곰팡이를 잡아주는 작업이라는 것이다.

나노는 자동차의 상처를 스스로 치유한다고도 한다. 세월의 흔적은 시간이 지나면서 자연스레 남는다. 사람에게는 주름으로, 철은 녹이 스는 현상이다. 자동차도 사고 한 번 나지 않고 잘 탔다 하더라도 차의 표면에 남는 미세한 상처와 내부부품의 마모는 피할 수가 없다. 촉진제를 통해 차량 표면의 절단 및 스크래치를 복구시키는 기술이다. 촉진제가 파손에 따라 흘러나와 상처를 회복시킨다고 한다.

앞으로는 암 치료에도 나노기술이 효과적으로 이용될 거라는 반가운 소식이다. 주사에 의해 체내로 투여된 나노셀 입자는 혈류를 따라 순환되면서 암세포에 축적된다. 여기에 근적외선을 조사하면 나노셀이 흡수하면서 강한 열을 발생시켜 암세포를 파괴하는 신기술이다. 이 기술이 빨리 환자에게 도달하는 꿈을 꾼다. 시간이 지나면서 새로이 알게 되는 것들이 많아진다.

녹슬고 주름진 세월의 흔적 앞에서 비로소 알아가는 것들이 있다. 아무 일도 일어나지 않고 지나간 평범한 하루가 감사함. 서로의 안부를 물어주는 사람이 있어 좋고 함께 시간을 보내도 지루하지 않은 그이가 있어 좋다. 덩치 작은 나의 어깨라도 기대어주는 게 고맙다. 작은 것에도 감사할 줄 아는 소소한 행복들을 그이가 아프면서 나도 함께 아프며 하나씩 알아가고 있다. 당신은 나의, 나는 당신의 상처에 새 살을 솔솔 돋게 해주는 나노였음을.

(2024. 6.)

7

*

꽃은 무죄다

타카타카

"타카타카!" 적요한 농막을 울린다. 마치 고집을 부리듯 제 소리를 내는 타카다. 공기 압축기에 연결하여 사용하는 공구로 방아쇠를 당기면 총알이 나오는 원리다. 그리하여 붙인 이름이 못총이다. 총처럼 위엄이 대단하여 근처에 있다가 가끔 놀랄 때가 있다.

이 소리가 들리면 파레트는 변신을 한다. 처음에는 울타리가 되어 색을 입히니 멋진 담장이 되었다. 이어 수국이 심겨지고 화분에 들국화가 피어났다. 조금씩 진화하던 타카의 기술은 벤치가 곳곳에 놓여졌다. 따분하면 앉아보는 그네는 가끔 바람도 머물다 쉬어간다.

'타카타카'는 그이의 손에서 나오는 마법의 주문 같다. 쓸모없던 파레트를 새로운 모습으로 탄생시키는 마술을 펼쳐놓으니 말이다. 작품 하나하나에 놀라워하고 감탄하는 사이 농막을 온통 장악하고 있다. 입춘이 지나도 여전히 바람이 찬 어느 날, 마당 한 모퉁이에 파레트가 세워질 때만 해도 창고를 짓나했다. 목수라 할 만큼의 공구와 대농을 한다 해도 믿을 농기계로 포화상태이기 때문이다. 자꾸만 늘어나는 짐을 들여놓을 공간이 한 채 생기려니 한 것이다.

뚝딱거리던 작업을 끝내고 나에게 공개한다며 이끈다. 내 예상을 빗나간 하얀 집이 새치름하게 서 있다. 이런 이변이 있을까. 믿기 어려울 만치 예쁜 건물이 눈 안에 쏙 들어오는 집이다. 문을 열면 마치 마법이 풀려 달아날 것 같은 착각마저 드는 집이다. 안을 들여다보니 감동이 탄성(歎聲)조차 삼켜버리는 아담한 카페다. 이렇게 꾸미도록 감쪽같았는지 은밀히 해온 작업이었다. 곳곳에 그이의 정성이 가득히 배어있다. 글을 쓰는 나를 배려하여 혼자만의 공간을 만들어 주고 싶었다고 한다.

그이는 살면서 때때로 잔잔한 감동을 주는 사람이다. 조금씩 파고(波高)는 달랐지만 카페는 쓰나미급이다. 해일은 나의 영토를 휩쓸고 지나 잠식시킨다. 어디 한군데 손길이 안간 데가 없이 작은 소품에도 고민했을 터이다. 꼼꼼한 성격에 허투루 할 리가 없다. 얼마나 많은 생각과 마음으로 지었을지 읽혀진다.

그이의 마음이 이렇게 와 닿을 때면 지금까지의 힘들었던 기억이 연기처럼 날아간다. 젊은 시절의 고생이 억울하여 울고 싶었던 시간들을 망각의 강으로 다 흘려보낸다. 다시 흐르는 내안의 냇물은 수정처럼 맑아진다. 현재인 바로 지금, 어느 때보다도 평화롭다.

한 평밖에 되지 않는 나의 카페가 커다란 빌딩을 가지고 있는 이에 비하랴. 갑부에게는 장난감이라지만 누구보다도 부자가 된다.

어마어마한 고가의 건물이 부럽지가 않다. 그이의 마음으로 지어진 이곳을 나는 마법의 성이라 이름 짓는다. 마법에 걸린 채로 성에서 빠져나오기 싫기 때문이다.

여기는 나를 내려놓아 가벼워지는 곳이다. 직장에서의 골치 아팠던 일도 잊어버리고 사람들과 북적대던 소란함도 가라앉힌다. 수많은 가닥으로 얽혀있던 생각들이 사라지고 머리는 텅 빈다. 조금씩 잎눈을 벌리는 나무를 바라보는 일로, 앵두나무의 꽃봉오리가 얼마나 더 부어올랐을지 지켜보는 시간이 좋다. 그이와 내가 많은 시간을 함께하여 서로에게 깊어질 수 있음이 감사하다.

조그만 일상의 행복에 빠져드는 마법의 성. 타카타카는 이 성문을 여는 주문이다. 밖에서는 자꾸만 못총을 쏘아댄다. 나는 또 마법에 빠진다.

"타카타카!"

(2019. 3.)

이별이 떠난다

집안을 한 바퀴 휘 둘러본다. 처음으로 생긴 우리 집이었다. 어디 한군데 내 손길이 닿지 않은 곳이 없다. 곳곳에 스며있는 가족의 숨결이 느껴진다. 여기서 함께 호흡하며 산 30년의 세월이 고스란히 배어있다. 내 인생의 반을 보낸 이곳을 떠날 생각에 마음이 아릿하다. 치달은 눈물이 바닥에 뚝 떨어진다. 정을 떼라는 소리인 게다. 이제 이사 갈 날도 일주일 밖에 남질 않았다.

나에게 집이란 내 삶이 고스란히 스며있는 장소다. 밖에서 아프고 힘든 일을 겪으면 빨리 돌아가고 싶은 곳이고, 남에게 받은 상처를 치유하고 다음 날에 또 부딪힐 힘을 얻는 곳이다. 혼자 있어도 심심함을 모른 채 시간이 지루하지 않은 편한 공간이다. 나를 어루만져주고 품어주는 포근한 엄마 같은 넉넉한 품이다.

이 집은 남의 집을 떠돌다 정착하게 된 기쁨이었다. 여기서 아들을 키워 청년이 되었고 우리 부부는 청년과 중년 시절을 함께 보냈다. 지금은 장년의 막바지를 보내고 있다. 나의 하루하루를 지켜보았을, 우리 가족의 희로애락을 나눈 보금자리였다. 나에게, 아들에게, 그이에게도 안식처가 되어 준 긴 세월이 담긴 곳이다. 꽤 정들은 집이다.

여기에서 많은 일이 있었다. 아들이 박사학위를 받는 기쁨과 나도 꿈같은 수필가가 되어 수필집도 냈다. 그이가 사업을 시작했고 번창하여 가난에서 벗어나게 되었다. 삶이 즐겁고 행복도 차올랐다. 인생이 단맛 뒤에 오는 쓴맛이 잔인하다는 것을 안 시간이기도 하다. 지금은 아픔으로 가장 힘든 시기를 보내고 있다. 젊었을 때는 몰랐던 건강의 소중함을 사무치게 알아가는 중이다.

집도 아마 알아차렸을 것이다. 게으름을 피울 때는 내가 아프다는 것임을. 여간 꾀병을 모르는 내가 꾀병을 부릴 때는 너무 피곤하고 지친 날임을. 어쩌다 가끔 꽃을 사서 들어오는 날에는 무척이나 우울하다는 증거임을 알고 있었을 테다. 그래도 말없이 품어준 이 집을 떠나는 서운함에 시큰하다.

서서히 짐을 정리한다. 먼지 덮인 책을 추려서 버린다. 마음으로 건네받은 책을 읽지도 않고 꽂아놓은 책들을 보며 미안해진다. 한두 해 입지 않은 옷들은 미련을 두지 말고 버려야 하건만 몇 해 동안 옷장에서 쉬고 있다. 이번에는 과감히 쓰레기봉투에 던져 버린다. 그래야 새집에 대한 대접일 듯싶다.

이사를 해야만 확실히 집안 정리가 된다. 사람이 사는데 무어가 그리 많은 게 필요한지. 쓸데없이 쌓아둔 물건들로 짐은 날로 늘어만 간다. 정을 떼는 일은 사람하고만 힘든 줄 알았다. 물건도 예외는 아니다. 이럴 때마다 버리지 못하는 나를 반성하게 된다. 이때뿐이지 뉘우치면서도 실천이 잘 안 된다. 요즘 추구하는 미니멀 라이프가 나에게는 절실하다.

집은 매일 내 손길 하나하나가 스쳐 간다. 내가 부지런하면 반짝반짝 윤이 나고 내가 게으름을 피우면 금방 표시가 난다. 나로 인해 좌우되는 집. 이제 새집에 대한 꿈을 꾸려 한다. 가구도 가전도 다 새것인 공간에서 새로운 정을 들이리라. 하나하나 집을 가꾸면서 내 손길이 닿는 곳마다 빛이 날 우리 집을 상상해 본다.

탁 트인 밖을 보며 모닝커피 한 잔을 할 테다. 설거지는 식기세척기에 맡기고 여유로운 저녁 시간을 보내리라. 부디 숨이 턱에 닿는 지금의 깔딱고개를 넘어서서 앞으로 이사 갈 집에서 누릴 기쁨을 갈구하고 있다. 간간절절한 낮은 이의 기도가 부처님 앞에 향을 피워 올린다. 이별의 긴 꼬리가 연기를 타고 떠난다. 나의 두 손이 사시나무처럼 떨린다.

막 핀 꽃처럼

꽃소식이 눈길을 뚫고 잰걸음으로 나에게 왔다. 앵글에 잡힌 작은 꽃은 얼음 속에서 뾰조롬히 눈을 뜨고 있다. 언 땅의 하얀 눈속에 저리도 깜찍한 생명을 피워내고 있음을 그 누가 짐작이나 했으랴. 여린 몸으로 추위를 견뎌내고 앞에서 봄을 이끄는 얼음새꽃. 마치 제 소명인양 비장하기까지 하다.

곧이어 매화와 동백의 개화가 들려온다. 유채꽃으로 제주도가 사람들로 들썩인다. 벌써부터 귀재고 기다린 남녘으로부터의 소식이다. 서서히 지펴지기 시작한 꽃불이 먼 곳에서 찾아온 친구처럼 반갑다. 섬에서 유채꽃이 전해지면 정말 봄이 온 것 같다. 그러면 성큼 봄빛이 내안에 들이친다.

이때부터 나는 봄에 홀려 눈이 먼다. 나뭇가지 끝에 초록의 잎눈이 보이고 진달래는 분홍빛이 감돈다. 온 산으로 꽃불이 번지는 2월 환각을 본다. 이맘때 찾아오는 고질병이다. 입춘(立春)도 되지 않아 개화를 손꼽아온 나처럼 이른 봄에 피는 꽃들은 성급하다. 잎보다 먼저 핀다. 자신의 가장 아름다운 모습을 일찍 보여주고 싶은 것일까.

내가 꽃에 집착하게 된 건 쉰이 되면서 부터다. 가을을 좋아하던 내가 봄으로 바뀐 건 나이가 들었다는 슬픈 증거다. 어릴 때는 꽃다운 나이라 무심히 보아 넘겼는데 이제 더 이상 꽃이 되지 못하면서 더 예쁘게 보이는 이치인 것 같다. 그래서인지 친구들의 카톡 프사(프로필 사진)는 꽃으로 도배되어 있다. 더 나이가 들면 꽃 대신 손자 사진으로 바뀐다. 이렇게 인생의 석양이 뉘엿뉘엿 넘어가고 있는 것이다.

우체국의 수수꽃다리가 핀 게 10월이었다. 4월에 피었다 지고 또다시 피었다. 작년 날씨가 유난히 포근하여 가을을 봄으로 착각한 모양이다. 정상적인 시기에 핀 후 비정상적인 시기에 거듭 피운 꽃인 막핀 꽃이다. 이 꽃을 보면서 비련의 주인공을 보듯 애잔했다. 핀 후 얼마 있다가 봄에 또 필 수 있을까 걱정이 되었다. 한 해에 두 번을 피자니 얼마나 바쁘고 고될까하여 안쓰러웠다.

나는 언제 꽃을 피웠을까. 여름엔 정열적으로 타오르긴 했는지. 깊게 새겨진 각인이 없다. 뒤도 돌아 볼 새도 없이 오느라 계절이 다 지나가도 몰랐다. 이제 와 꽃을 피우고 싶어 가을에 속이 탄다. 조금씩 외로움을 준비해야 하는 겨울이라고 시간은 귀띔해 준다.

푸릇하던 청춘이 황금색으로 물이 들려 한다. 푸른 날들을 어찌 보냈는지 모르건만 노을로 붉어진다. 그저 하루하루를 버텨야 하는 시간이었다. 끝없이 견뎌 온 어느 날, 깜깜한 밤하늘에 별이 보인다. 옆에 달도 떠 있다. 지치지 않고 포기하지 않는 나의 인내가 빛을 본다. 30년의 대장정이었으니까 악운도 지쳐 쓰러질 만도 하다.

아이는 커서 어엿해지고 9년 전에 시작한 그이의 사업도 순항이다. 요즘 주인장의 버블그린호는 충천(衝天)중이다. 성실한 인내에 대한 응답을 쉰이 훌쩍 넘기고서야 듣는다. 그래도 들이좋다. 언젠가 좋은 날이 올 거라는 믿음을 외면하지 않고 비껴가지 않았으니 말이다. 저절로 나비춤이 추어진다.

돈 걱정으로 웃어보지도 못하고 가버린 젊음이, 어떻게 지나갔는지 모르는 봄이 아섭다. 살랑이는 바람에 흔들려도 보고 싶고 고운 봄길 위에 쏟아지는 햇발도 쬐고 싶다. 이미 내 앞엔 가을 같은 인생의 시간이 있다. 초라하고 앙상한 겨울만이 기다리고 있는 계절. 늦가을에 핀 수수꽃다리처럼 봄이라 여겨지면 주저하지 않으리라. 필 때가 아니라 해서 일부러 숨기지 않으리라. 막핀 꽃처럼 계절을 잊었어도 좋다. 사람들의 수군거림에 움츠러들지 않을 것이다.

연극의 한 대사를 주인공이 되어 읊조리며 피어날 터이다.

"봄에 한번 꽃 피우고 진 게 아쉬워서 뒤늦게 다시 피었다지요."

(2021. 2.)

화차

들판에 싸리꽃이 하얗게 피는데 왜 내 가슴이 떨려오는가. 어찌하여 마음이 울렁이는가. 가만히 있어도 물결이 인다. 그 위로 햇살이 내려앉아 별처럼 빛난다. 윤슬, 지르르 화한 빛이 내안에 지름불을 밝힌다. 꽃이 속에서 팝콘처럼 터진다. 미명의 새벽이 걷힌다. 어둑어둑하던 길이 훤해지고 또렷해진다.

이런 날은 달리고 싶다. 속도가 주는 짜릿한 전율, 한번 느끼면 점점 감각이 무뎌져 더 가속도가 붙는다. 계기판을 보고서야 놀라게 될 때가 많다. 평소 내성적이고 소심한 성격이 운전대만 잡으면 전혀 다른 사람이 된다. 폭군으로 변하여 과격해진다. 이런 내가 종종 낯설다. 언제부턴가 운전석에 앉으면 겁이 없어지는 고약한 버릇이 생겼다.

5년 전 사고 나던 날도 싸리꽃이 흐드러지게 피었었다. 서둘러 가다가 사거리의 신호가 바뀌면서 미처 서지 못해 앞차를 들이받았다. 급히 브레이크를 밟았지만 이미 늦어버린 것이다. 약속시간에 빠듯하여 급한 마음이 부른 결과였다. 차는 폐차를 했고 지금 타는 차로 바꾸었다. 한참을 몸져누워 앓았건만 아직도 고치지 못하고 있던 게 또 다시 화근이 되었다. 일주일 전 퇴근길에 똑같은 사고를 냈다.

첫 번째보다 더 충격이 셌다. 깜박 정신을 잃고 깬 순간, 내 차가 앞차를 박고 있었다. '아. 내가 또 사고를 쳤구나' 판단이 서자 정신이 났다. 나를 억지로 진정시키고 밖으로 나가 사고를 수습해야 했다. 다행히 운전자는 많이 다치지 않아 보인다. 보험을 처리하고 마무리되자 온몸에 힘이 쭉 빠져나갔다. 놀란 가슴이 두 방망이질을 해댄다.

아직도 뛴다. 이제 운전석에 앉으면 겁부터 나기 시작한다. 모든 차들이 나를 향해 돌진해 올 것만 같다. 빨리 달리지 못해 나를 추월해가는 차들이 다반사다. 1차선으로 내달리던 내가 2차선에서도 쩔쩔맨다. 이렇게 천천히 가도 사무실에 도착해보면 10분밖에 차이가 나지 않건만 왜 그렇게 달렸을까. 무엇에 홀린 사람처럼 액셀을 밟았을까. 어디선가 끝을 알리는 주문의 소리를 듣는다. 매직에서 풀려나 베일을 벗는 느낌이다.

어쩌면 사고는 늘 예견되어 있었던 건지도 모른다. 이러다 내가 죽겠구나 싶다. 조금 천천히 가도 늦지 않는 길을 조바심을 냈다. 제한속도를 지키려고조차 생각지 않고 시시로 속도 위반을 한 것이다. 달려야만 승리를 거머쥐는 카레이서. 스릴을 즐기는 폭주족인

양 달렸는지 모르겠다. 아마 도로교통법 제17조 3항에 의해 범칙금이 발행되었다면 생각만으로도 어마어마한 액수다.

4월의 어느 날, 화차(火車)가 나에게로 달려들었다. 불교용어로 나쁜 짓을 한 사람을 지옥으로 데려가는 수레다. 한번 탄 사람은 결코 도중에 내릴 수가 없다고 한다. 활활 불타오르는 화차(火車)를 향해 죽을 것을 알면서도 불속으로 뛰어드는 부나방이 되어 화염속으로 뛰어들고 있다. 흠칫, 날개에 화기(火氣)가 닿자 놀라 식겁한다. 날갯짓을 접고 가쁜 숨을 고른다. 이제 질주가 끝이 난다.

'그래, 이 나이에 꽃이 피었다고 떨려온 가슴이 문제였던 거야. 그 누가 꽃이 지고 나서야 봄이 간 줄 알았다 했던가. 나도 그렇다. 언제 갔는지도 모르게 지나간 한 철이다. 거기를 지나 가뭇하게 보이지도 않을 거리에 와 있다. 오히려 꽃이 고와 서러울진대 울렁거린 마음이 말썽이었던 거야.'

우연의 일치였을까. 징크스일까. 세 번의 사고가 있을 때마다 꽃이 비집고 들어왔다. 그리곤 마구 쑤셔놓아 멀미를 일으켰다. 이대로 뛰노는 가슴에 휘말려 비아부화(飛蛾赴火)할 수는 없다. 남은 인생이 궁금해서 더 살아봐야겠다.

(2022. 5.)

상실의 저편에

홀연, 그이의 보호자가 되었다. 늘 나의 보호자였던 그인데 이제 나와 역할이 바뀌었다. 둘은 의자에 앉아 호명을 기다리고 있다. 옆에 있는 다른 사람들도 다 지쳐 보인다. 차례를 기다리느라 전광판을 뚫어져라 보는가 하면, 무표정으로 핸드폰을 들여다보는 사람들, 그저 멍하니 있는 이들도 보인다. 모두들 하나같이 어둡고 무겁다. 간호사의 부름에 진료실로 하나둘씩 들어간다.

오늘은 긴 기다림이 끝나는 날이다. 마지막 결과를 보러 온 둘은 긴장한다. 판사의 판결을 기다리는 죄인처럼 떨린다. 의사의 선고에 희비(喜悲)가 엇갈리는 공간으로 간호사는 우리를 불러들인다. 실낱같은 희망이 통째로 날아가고 있다. 수없이 다독였건만 억장이 무너진다.

3개월 동안 피를 말렸다. 남들은 CT만으로도 안다는데 MRI로도 보여주지 않았다. 애를 다 태우고 지쳐 떨어질 무렵에서야 조직검사로 정체를 드러낸 놈이었다. 그이는 얼마나 불안하고 두려울까. 내가 좌절한다면 그이는 절망할 것이다. 나마저 정신을 놓으면 우리 가족은 뿌리째 흔들릴지도 모른다. 마음의 고삐를 바짝 움켜쥔다. 끝까지 설명을 듣고 수술 날을 잡는다.

집으로 가는 차 안에서 수다쟁이가 된다. 그이의 기분이 가라앉는 게 겁이 나서 마구 말을 늘어놓는다. 끝에 들려준 의사의 말은 한 줄기 빛이었다. 치료만 잘 받으면 오히려 전보다 더 건강한 삶을 산다고 했다. 아프면서 금주와 금연을 하고 자기 몸에 신경을 써서 더 좋아진다는 것이다. 이 말은 나에게 절실한 희망이었다.

처음에 그이는 이상소견이 나오자 대수롭지 않아 했다. 병원에서의 검사가 늘어나고 길어지니 나를 원망하듯 했다. 모르는 게 약인데 괜히 받게 해서 피곤하게 만들었다고 원망하듯 했다. 조직검사를 하고 온 날로부터 이 말이 사라졌다. 사태의 심각성에 금연도 시작했다. 나도 미련 없이 속으로 명퇴를 결정했다. 그이의 케어를 위한 준비로 선택한 것이다.

오늘부터 그이의 밑바닥에 항상 불안이 침잠해 있는 채로 살아야 한다. 그것은 공포가 되어 때때로 그이를 공격할 것이다. 순간순간 나에게도 두려움이 찾아와 사투를 벌여야 한다. 치료를 끝내는 날까지 하루하루가 불안한 날들이다. 지금부터 마음을 단단히 무장해야 한다.

프랑스 작가 보브나르그는 "절망은 희망보다 더 사기꾼이다."라고 했다. 희망 때문에 좌절하건 절망 때문에 좌절하건 모두 가능성의 게임이지만 아무리 낮은 가능성일지라도 반전의 기회는 희망에 게만 있음을 말한다. 기회조차도 얻지 못하는 사기꾼에게 나를 베팅할 수는 없다.

신은 우리를 죽이기 위해 절망을 보내는 게 아니다. 새로운 삶에 눈을 뜨도록 하기 위한 것이라고 한다. 지금까지 그이는 건강에 대해 신경을 쓰지 않았다. 건강검진도 귀찮아하여 내 속을 썩였다. 고집을 피우는 바람에 재작년에는 나만 혼자서 했다. 지난해에도 가기 싫어하는 걸 엄포를 놓다시피 하여 같이 한 검진이었다. 잃어 버리고 나서야 소중함을 알게 되는 건강이다. 신은 우리에게 상실 후의 깨침을 주려는 의도였으리라.

내 인생의 모든 구간을 차지했던 저체중. 그 몸으로 나를 지탱해 온건 깡이었다. 내가 보아온 엄마가 그랬다. 유전으로 물려받은 나의 깡으로 이겨낼 것이다. 그이가 약해져 무너지려 할 때마다, 아프게 사투를 벌일 때마다 옆에서 함께 견뎌낼 것이다. 나는 믿는다. 상실의 시간이 흘러가면 그 너머에 기다리고 있을 우리의 가을날을. 더 고운 단풍으로 물든 시간이 반겨줄 것임을.

(2023. 1.)

절로 가는 길

제주에도 석굴암이 있다. 경주에 있는 암자로 선명하게 각인된 터라 듣는 순간 신기했다. 지인이 추천해 줘서 알게 된 곳이다. 사교성이 많은 그이 덕분에 사귄 분으로 우리 부부에게 친절하다. 제주에 온 지 얼마 되지 않아 아는 사람이 꽤 생겼다. 나의 재주로는 어림없는 일이다. 이 나이에도 관계를 맺는다는 게 여전히 힘들고 서툴다.

한라산 북사면(北斜面)에 있는 크고 작은 골짜기를 아흔아홉 골이라 부른다. 그 중 첫 번째에 해당하는 계곡에 자리한 영험한 기도 도량이다. 입구에는 인욕(忍辱)의 길이라는 팻말이 눈에 띈다. 제주의 불교 성지 순례길은 6코스가 있다. 보살의 여섯 가지 수행덕목인 육바라밀로 붙여진 이름이다. 보시의 길, 지계의 길, 인욕의 길, 정진의 길, 선정의 길, 지혜의 길로 이루어져 있다.

인욕의 길은 관음사에서 존자암까지의 21km의 거리로 거치는 사찰 수가 일곱 개나 된다. 거기에 석굴암도 속한다. 이 수행은 온갖

모욕과 번뇌의 어려움을 극복하여 원한과 노여움을 없앰으로써 도달하는 고요한 마음 상태다. 참을 수 없는 것을 참아내야 한다. 우리에게 있어 가장 견디기 어려운 일인 성나고 언짢은 마음을 참고 견디는 것이다.

길 한쪽에는 물품 보관대가 있다. 그 뒤에 "석굴암에 올라가는 물품입니다. 함께 도와주시면 법당에 큰 도움 되겠습니다."라는 푯말이 서 있다. 앞에 올라가는 사람이 봇짐을 짊어지고 올라간다. 나도 들어보니 짐은 무게감이 느껴진다. 어림짐작으로 6kg은 될듯하고 벌려진 바랑에는 2L 물 한 개와 부탄가스가 보인다. 그이와 하나씩 둘러메고 출발한다.

들머리를 들어서자마자 가파른 오르막이다. 낙엽 양탄자가 깔려 발밑이 푹신푹신한 느낌이 좋다. 나무가 울창한 길은 기암괴석과 바위가 멋진 풍경을 더한다. 이끼가 나무를 둘러싸기도 하고 바위를 온통 감싸고 있는 모습은 신비롭다. 숨이 차올라갈 무렵 데크계단이 나타난다. 오르고 또 오르고 계속 이어진다.

삼십 분쯤 올라갔을까. 스피커를 통해 독경 소리가 들려온다. 계곡 아래에서 들리는 듯한데 아무리 둘러보아도 절은 보이지 않는다. 소리가 점점 더 크게 들리는 것을 보면 다 온 듯하다. 어깨가 묵직하여 아파서 얼른 짐을 벗고 싶다. 아무리 내려다보아도 모습을 드러내지 않는다. 드디어 펼쳐진 내리막이 반갑다. 아찔한 계단을 한참 내려와서 마침내 석굴암을 만난다.

제주 4.3 피해 사찰로 허술한 조립식 건물이 초라하다. 절은 바위에 의지하고 있다. 경주의 석굴암은 뜨는 햇살이 부처 이마를 비춘다. 반면 제주의 석굴암은 지는 햇살이 절 중앙을 비추는 신비함을 간직하고 있다. 천연동굴 안에 있는 법당 바로 옆이 물품을 놓아두는 곳인가 보다. 몇 개의 봇짐이 놓여있다. 우리도 거기에 짐을 내려놓는다.

　부처님을 뵙고 내려가는 길은 내리막의 연속이다. 맨몸은 가뿐해져 가벼운데 왠지 뒤척이는 마음으로 무겁다. 한 사람을 용서하지 못하는 괴로움이 나를 짓누르고 있어서일까. 인욕의 길 위에서 내게 묻는다. "관계의 상처로부터 나는 왜 자유롭지 못한가?" 대답보다 먼저 분한 마음이 불거져 나온다.

　인욕은 인내하고 용서하는 힘이다. 자신을 비워내야만 스스로 편안해질 수 있는 법이다. 상대를 위해서가 아니라 나를 위해 필요한 것이다. "원한의 마음을 버리고 용서하면 그 순간 지옥은 연꽃 핀 극락이 된다" 석굴암에서 들려오는 법구경이 금봉곡 골짜기를 쩌렁쩌렁 울린다. 그 소리가 장군죽비(將軍竹篦)가 되어 나를 내리치고 있다.

(2023. 12.)

1초, 그 찰나

시간은 쫓기듯 잰걸음을 친다. 내 생각의 분침과 초침이 모두 그이에게 향해 있다. 작년부터 맞추어 놓은 시계다. 언제쯤 나에게로 향할 수 있을지 모른다. 그러나 내일은 내일에 맡기기로 한다. 또 오늘을 최선을 다해 살아볼 일이다.

1초의 찰나는 매일을 살아가는 우리에게 꽤 결정적일 때가 많다. 여러 사람의 생업을 좌우하는 경매사나 생방송의 절묘한 타이밍이 된다. 수술실에서는 절박한 생과 사의 기로가 된다. 장기이식의 골든타임을 반드시 사수하여야 기증자의 희생이 새로운 삶으로 거듭나는 숭고한 시간이기도 하다.

스포츠 세계에서는 단 1초 차이로 승부가 갈린다. 수영에서 계영 경기는 앞 선수가 수영하고 들어와 터치패드에 손을 찍으면 그다음 선수가 릴레이를 이어나가는 방식이다. 기록을 위해 시간을 어떻게든 줄여야 하는 시합이다. 뒷사람의 팔이 터치패드에 닿기 위해 팔을 뻗을 때 다음 선수는 그걸 믿고 바로 물속으로 뛰어든다고 한다.

1초가 더 빠르냐 아니냐에 따라 메달의 종류가 달라지는 잔혹한 세계에서는 세 명이 0.3초만 아껴도 1초를 아낄 수 있는 것이다. 찰나의 순간이 엄청나게 큰 차이다. 이를 위해 수없이 훈련을 해오며 준비를 했을 선수들이 큰 산처럼 엄청나 보인다.

꿀벌은 몸통에 비해 날개가 너무 작아서 원래는 날 수 없는 몸의 구조라고 한다. 그러나 그 사실을 모르고, 당연히 날 수 있다고 생각하여 날갯짓을 열심히 함으로써 정말로 날 수 있게 됐다는 것이다. 1초 동안에 살기 위한 200번의 날갯짓은 치열한 몸부림이다.

1초 만에 얻을 수 있는 행복도 있다. 고맙다는 말을 들으면 마음이 따뜻해진다. 힘내라는 말은 용기가 되살아나고 축하한다고 말하는 순간 기쁨은 부풀어 올라 커진다. 내가 들은 최고의 말은 응원한다는 말이다. 이 한마디는 긴 시간 벅찬 말이다. 어떤 삶일지라도 나를 믿는다는 것이므로 든든하다.

1초를 따지는 시간의 밀도는 나와 거리가 멀다. 요즘은 헐렁해지고 느슨한 하루를 산다. 내 주위에는 이 나이에도 계속 배움을 이어가고 몇 개의 강좌를 듣고 다니는 사람들이 있다. 외국어를 공부하고 한 달에 글 4편을 신문에 기고한다. 이렇게 시간에 쫓겨 촘촘한 시간을 보내는 이들이 많다. 아직도 식지 않는 열정은 어디에서 온 건지. 무엇일까. 아마도 거기서 자신의 행복을 찾기 때문이 아닐까.

아직도 끝나지 않은 투병의 길이다. 아무리 내 시간이 그이를 중심으로 돌아가도 1초는 소중하다. 현재는 기쁨, 슬픔, 아픔의 조각들로 이어져 찬란해진 하루다. 그이의 아픔으로 노심초사하느라 어찌 지나갔는지 모를 한 해다. 나에게 1초는 행. 불행을 넘나드는 경계선. 선로를 결정하는 선택은 나로부터 출발한다.

저마다 행복은 다르게 찾아온다. 산책하고 돌아오는 길에 카페에 들른다. 둘이 찻잔을 마주하고 바라본 풍경은 그대로 그림 한 폭이 된다. 남들보다 염염한 시간이 보내온 눈부신 볕살, 바람 한 자락이 달갑다. 여유로 충만해진 나를 만나는 일은 쏠쏠한 감동이 된다.

지금의 1초는 우리의 추억이 쌓이는 시간. 한낮의 한량놀음이 마냥 즐거운 나를 한심하게 쳐다보는 이들의 1초. 서로 다른 1초다. 이 행복을 의심하지 않는다. 커피 향이 퍼지며 달보드레한 시간. 소소한 오늘이 있어 둘이 앞서거니 뒤서거니 함께 걸어가는 내일을 꿈꿀 수 있다.

(2024. 1.)

낯섦과의 조우

골프채를 살 때부터 예감했다. 진퇴양난(進退兩難)의 2월을. 골프가 시간에 자유분방한 백수의 코를 꿴다. 레슨을 신청하여 내게 통보하는 그이의 얼굴빛이 환하다. 신이 난 표정이다. 배우리라는 생각조차 해보지 않은 일이다. 막무가내로 몰아붙이는 통에 물러설 곳이 없다. 어차피 피할 수 없다면 좋은 마음으로 시작하기로 한다. 부부가 같은 취미 하나쯤 가지면 좋겠다는 긍정으로 돌아선다.

모든 낯선 것에 대하여 나는 낯가림이 심하다. 사람을 사귀는 일이 어려워 주위엔 오래도록 알고 지낸 사람들이다. 물건을 살 때도 가던 곳만 간다. 몸치인 내게 골프는 난데없이 나타난 낯선 벽이다. 벽을 넘고 싶은 호기심보다 두려움이 더 크다. 제자리에 서 있는 작은 공은 요구하는 게 너무 많다. 채를 잡는 손의 모양부터 서는 자세, 스윙하는 방법이 복잡하다. 이론이 가득 들어찬다. 머리로는 아는데 몸이 따라와 주질 않는다.

잘 치고 싶은 욕심에 힘껏 내리친다. 공은 이쪽으로, 저쪽으로 가서 떨어진다. 똑바로 가는 경우가 드물다. 여기서도 O형의 센 고집이 나타난다. 말릴 수가 없다. 손에 잡힌 물집이 아프다. 자꾸 오기가 생겨 두 시간 내내 채를 휘두르는 날이 다반사다. 지쳐서야 연습을 끝내는 미련스러운 나다. 누가 짐작이나 했을까. 이순의 나이에 탁구공만 한 작은 공과 내가 씨름할 줄이야.

골프는 나처럼 하루에 오랜 시간을 연습하는 건 어리석은 짓이다. 모든 운동이 그렇듯 길게 꾸준히 해야 하는 법이다. 프로는 내내 몸에 힘을 빼라고 가르친다. 그래야만 공이 멀리 가고 자연스러운 자세가 나온다고 한다. 나의 손엔 힘이 꽉 들어가고 채를 놓칠세라 세게 잡는다. 몸통은 회전되지 않아 뻣뻣하다. 아무리 가르쳐준 대로 해도 몸이 말을 듣지 않아 따로 논다.

골프는 인생과 닮아있다. "힘을 빼세요." 프로가 한 말이 귓전에 맴돌고 있다. 경직되어 힘주고 살아온 시간을 돌아본다. 살면서 힘을 빼는 일은 여간 힘든 게 아니다. 힘을 빼는 일은 마음먹고 연습을 해야만 할 만큼 쉽지가 않다. 아들을 붙잡고 있는 끈이 끊어질세라 안간힘 하는 나를 보아도 그렇다. 이제 놓아주어야 할 때다.

조금 서운한 말에도 이만큼 키워놓았는데 하는 괘씸한 생각이 든다. 멀리 있는 아들이 안쓰러워 큰소리도 못 친 시간이 억울했다. 이토록 섭섭함은 보상심리로부터 생긴다. 아이의 재롱으로 웃고 기뻤던 시간이 잊힌 기억이 된 것이다. 키우는 동안에 행복했으므로 이미 다 받은 것일진대 따로 또 바라고 있어서다.

막 시작한 애송이가 프로골퍼들의 스윙 자세가 마냥 부럽다. 공도 잘 치지 못하면서 우아한 모습만을 머릿속에 그린다. 그 예쁜 스윙은 짧은 시간에 만들어진 게 아니라 수없이 많은 시간과 노력의 결과다. 일부러 만든 게 아니라 바른 자세에서 저절로 나온 멋진 포즈다.

한 마리의 나비가 되기까지는 여러 과정을 거쳐야 한다. 알에서 애벌레로 그리고 번데기가 된다. 이 시간을 견디어야만 우화(羽化)하여 아름다운 나비가 되는 것이다. 알에서 깨어나기도 전에 나비가 되고 싶은 나의 헛생각이 골프채를 맞고 날아간다.

골프는 어드레스부터 피니쉬까지 걸리는 시간 1초. 그 짧은 시간에 어찌 그리 부드럽고 아름다울 수 있는지. 처음 마주한 골프와의 낯선 조우다. 먼 훗날 나비의 춤사위 같은 나의 우화(羽化)를 꿈꾸어 본다.

(2024. 3.)

나도 처음이라서

이즈음, 신록은 다 같은 신록이 아니다. 제각각 다른 초록의 색으로 빛난다. 옅게, 진하게, 아주 진하게 저마다의 푸르름을 펼치고 있다. 5월의 바람 좋은 날에 한없이 파고드는 시구가 있다. "사람이 온다는 건 실은 어마어마한 일이다. 한 사람의 일생이 오기 때문이다" 정현종 님의 방문객이다.

5월의 신록 같은 방문객을 맞는다. 맞을 준비도 하지 못한 채 급물살로 온 손님이다. 한 사람의 일생이 집안에 통째로 들어온다. 이제 과거와 현재와 미래까지도 함께 해야 할 시간이다. 며느리는 셋이던 가족이 넷이 되는 기쁨을 선물한다. 그이는 눌러 참으려 해도 벙싯 미소가 지어지는 모양이다.

아들이 미국에서 잠시 귀국했다. 빠듯한 일정으로 8년간의 연애를 부부로 매듭짓기 위해서다. 예비며느리는 아들과 같은 길을 밟아 박사과정을 마치고 포닥을 아들이 있는 미국으로 가게 되었다. 결혼을 약속한 사이니 양가 집안에서 둘의 사랑을 허락했다. 시간이 여의치 않아 결혼식을 올릴 시간이 없다. 먼저 혼인신고를 하고 나중에 귀국하여 식을 올리기로 합의하였다.

예비며느리와의 첫 만남은 아들이 박사학위를 받던 날이다. 꽃다발을 들고 오는 그애도 한 송이 꽃이었다. 륜희라 했다. 주위를 밝게 만드는 매력이 있다. 온통 환하다. 둘은 예쁘게 만남을 이어가던 도중 아들이 떠났다. 아들에게 가끔 륜희의 소식을 물었다. 어미로서 행여나 눈에 보이지 않으면 서로 멀어질까 봐 속으로 걱정이 되어서다.

아들이 미국으로 떠난 지 3개월이 흘렀을까. 그이가 청천벽력 같은 암 진단을 받았다. 가까이 있다면 같이 고민하고 상의할 텐데 혼자 끙끙댔다. 새로운 치료법이 먼저 시행될 예정이라 하여 세브란스 병원을 선택했다. 처음엔 타지에서 고생하는 아들에게 비밀로 했다. 얼마 후 가족이기에 아파해야 하는 건 당연하다는 생각에 알렸다. 멀리서 신경을 쓰지 못하여 미안해했다.

아들을 통해 예비 안사돈은 아산병원을 권유했다. 거기서 간암병동의 수간호사로 퇴직하신 분으로 걱정되어 마음을 써 주셨다. 그리하여 지금은 옮겨와 치료를 받고 있다. 처음 진료하는 날과 세 차례나 더 병원에 찾아와 진료를 함께 했다. 좋은 자리는 아니어도 안사돈과는 초면이 아니어서 상견례 때 덜 어색할 것 같다.

결혼식 날을 잡고 기다리는 동안이 '시' 자가 되기 위한 준비할 시간이다. 그 간격을 건너뛰고 얼떨결에 시어머니가 된다. 둘은 내

일 상견례를 마치고 혼인신고 할 예정이다. 어머니보다 앞에 '시' 자가 붙으니 묵직하다. 짐이 하나 더 늘어난 듯도 하다. 이제 둘의 어머니가 되어야 하니 어쩌면 당연한 일인지도 모른다.

'시' 자 들어가는 단어는 다 싫어한다는 요즘의 며느리라는 말이 있다. 시어머니 시집살이가 며느리 시집살이로 바뀌었다고도 한다. 서로를 이해해주지 못하는 데서 오는 갈등이다. 딸 같은 며느리, 어머니 같은 시어머니는 언감생심(焉敢生心)이라 하잖은가. 어른만을 고집하지 말고 상대를 알아주는, 나도 그때 어설펐던 것처럼 아직 낯섦을 이해해 주면 되지 않을까. 서로의 사이에 배려를 들여놓고 바라본다면 얼굴을 붉힐 일도 없으리라.

나도 시어머니가 처음이다. 며느리도 며느리가 처음이다. 가보지 않은 길, 겪어보지 않은 일이어서 둘 다 서툴다. 수학 공식처럼 딱 떨어지는 정답은 없다. 나도 너도 처음을 인정하면 되지 싶다. 아들에게 사랑이라서, 사랑이어서, 사랑이니까 나에게도 분명 어마어마한 사람이다. 새로운 가족으로 엮인 인연인 너를 꼭 안아주고 싶다.

(2024. 5.)

꽃은 무죄다

햇빛의 밀도가 높다. 여름이 깊어지고 있다. 드디어 화르륵, 처처에 들리는 수국의 개화 소식이 반갑다. 제주에 자주 오면서 반하게 된 수국꽃이다. 혼자서 여름을 앓는 나를 보고 화사하게 웃어주는 그 꽃에 홀딱 빠졌다. 카페를 가는 이유는 차를 마시기보다 꽃을 보는 것이다. 보는 것만으로는 양이 차질 않았다.

한 해를 꽃구경으로 보내고 작년 4월에 수국을 들여왔다. 집 앞의 화단에 나무를 빗겨나 잘 보이게 세 그루를 사다 심었다. 나무를 고집하는 그이를 간신히 설득하여 자리한 꽃이다. 작은 정원에 꽃이라곤 수국밖에 없다. 화분에서 옮겨진 수국은 바뀐 환경 탓인지 해를 걸렀다. 몸살을 할 시간이 필요한가 보았다. 아쉬워도 다음 해를 기약했다.

달포를 육지에 머무는 동안 제주집에 수국의 안부가 궁금하다. 꽃불을 지펴 집을 환하게 밝히고 있을 광경에 설렌다. 빨리 눈도장을 찍고 싶어 안달이 난다. 주먹만 한 꽃들이 팡팡 터지는 꽃장엄을 상상해온 나다. 생각만으로도 미소가 흐른다. 7월이 되어 일을 서둘러 마치고 공항으로 향한다. 제주에 가는 길은 보고픈 사람이 기다리고 있는 사람처럼 마냥 달뜬다.

집에 도착하기가 무섭게 꽃을 확인한다. 헉, 주저앉고 말았다. 순간 기대가 산산이 부서진다. 어이 상실이다. 이게 무슨 괴이한 일이지. 무엇이 잘못된 것인지, 한참 동안 혼란스럽다. 탐스러운 꽃송이가 아닌 수수한 꽃이 대신 피어 있다. 잎만 무성하니 꽃은 볼품이 없다. 분명 수국을 심었건만 산수국이 웬 말인가. 지금껏 꽃에 속았다. 이건 처절한 꽃의 배신이다.

수국은 여러 개의 작은 꽃봉오리들이 모여 크고 탐스러운 꽃을 피운다. 색깔도 여러 가지다. 토양에 따라 색이 다르게 변하는 특성을 가진다. 산성 토양에서 자라면 파란색으로 바뀌고 알칼리 토양이면 붉은색으로 바뀐다. 여름꽃으로 이보다 더 화사한 꽃이 어디 있으랴. 화려한 장미도 수국 앞에서는 주눅이 들지 싶다. 아무리 수국이 수시로 색을 바꾼다 해도 산수국으로의 변신은 있을 수 없는 일이다. 도무지 무슨 조화 속인지 멍멍하다.

믿고 산 꽃이 헛꽃이라니. 꽃집 주인은 산수국인 줄 몰랐을 리가 없다. 우리 부부가 어수룩해 보여 알고도 양심을 팔아넘긴 것인지. 꽃이 피지 않아 잎만으로는 알 수 없어서 수국으로 알았다. 꽃나무를 뽑아 가서 따지고 싶어도 들여댈 증거가 남아있지 않다. 영수증을 보관하고 있는 것도 아니고 처음 본 얼굴을 기억하지도 못할 것이다.

　내가 지금 마음이 딱 사막이다. 모래바람이 일어 뒤를 돌아본다. 주인은 후덕해 보이고 사람이 좋아 보였다. 오랜 시간을 거기서 터 잡은 꽃집일 텐데 손님과의 신뢰를 이토록 처참히 무너뜨려도 되는 건지. 내 부푼 기다림이 아프도록 씁쓸하다.

　꽃이 말이 없다고 우아한 기품에 함부로 단정했다. 꽃을 두고 배신을 말함은 나의 큰 실수다. "너의 죄를 사하노라." 꽃은 무죄다. 꽃이 무슨 죄가 있으랴. 사람을 대신해 누명을 쓴 것이다. 산수국은 집 뒤로 옮겨 심고 다시 수국을 사기로 한다. 꽃이 피어있을 때 꽃집을 가는 데는 또 배신을 당할까 무섭기 때문이다. 사람이 준 상처는 흔적으로 남아 오래 아파서다.

(2024. 7.)

8
*
꽃
피워
봐

인연의 끈

오월의 바람이 불었다. 막 신록으로 우거진 숲에서 5월의 문에 들어서자마자 미친 듯이 불어왔다. 몸을 휘청대는 나뭇가지에 매달려 갓 피워올리는 이파리들이 심한 몸부림을 해댄다. 강샘이라도 부리는 걸까. 햇살도 바람에 눌려 주눅이 들었다. 농막에도 횡포에 이기지 못한 꽃의 시체가 눈처럼 쌓였다.

그래도 투덜대지 않고 묵묵히 비질하는 옆에서 오히려 보는 내가 바람을 탓해댔다. 이런 불편쯤은 감수해야 한다고 말하는 그이는 도통한 사람 같다. 여름의 신록을 누리기 위해서는 낙엽을 쓰는 일도, 꽃잎을 쓸어내는 일도 다 자기가 받아들여야 할 몫이라는 것이었다. 자연에게만은 너그러운 낙천주의자다.

한차례 휩쓸던 바람이 제 양이 찼는지 조용해졌다. 중반에 벌써 찾아온 폭염주의보라니 변덕이 도를 넘는다. 따사로운 봄 햇살을 즐기지도 못했는데 볕을 피해 다니는 여름이 왔다. 날씨가 사람의 옷차림도 반소매로 바꿔 놓았다.

지금 음성에는 닷새 동안에 품바축제가 열리고 있다. 문인협회도 품바의상 체험과 추억의 교복체험인 두 개의 부스를 맡았다. 시간이 나는 회원들이 참여한다. 직장을 다닌다는 핑계로 잠깐씩 나가보면서 교복체험에서 사람들이 더 많이 웃고 즐거워하는 것을 느낀다. 익살스럽고 재미있는 품바보다 표정이 훨씬 밝았다.

교복을 입고 찡그린 표정을 짓는 이들은 아무도 없다. 학생이 된 사람들도, 그 모습을 지켜보는 동행인들도 소리 내어 웃는다. 누구에게나 잊지 않고 마음 안에 저장되어있는 소중한 기억 때문이 아닐까 싶다. 학창시절로 돌아가 풋풋한 우정이 있고 좋은 추억으로 저마다 남아있는 시간이기에 말이다.

얼마 전에 낯선 번호로 걸려온 전화를 망설이다가 받았다. 목소리가 익숙한데 그쪽에서는 자기가 아는 사람이 아닌 것 같다며 끊으려 했다. 누군지 확인을 하니 고등학교 때 친구인 우정이었다. 까마득한 세월인데도 목소리는 변하지 않아 금방 알아보았다. 친하게 지낸 사이로 졸업 후에 보지 못하여 잊고 지냈던 터였다.

울릉도를 가는 배 안에서 내 소식을 알게 된 그녀가 전화를 했다. 나를 아는 지인이 친구를 보고 어디서 많이 본 사람인 듯해 말을 붙였다고 한다. 서로가 전혀 다른 지역에서 멀리 떨어져 살고 있는 사람들끼리 본 적이 없을 텐데 희한한 일이다. 어디서 왔느냐는 물음으로 시작된 대화는 음성(陰城)이 주제 거리가 되어 내 이름이 튀어나온 것이었다.

이름이 단숨에 35년의 시간으로 이어졌다. 긴 세월을 뛰어 넘어 그간의 안부를 물었고 반가웠다. 우정이라는 이름도 일상에서 자주 만나는 단어이고 더구나 나 역시 뉴스에서 많이 접하기에 잊기 힘든 이름들이다. 마음속에 눌러앉아 있어 궁금했던 친구였다.

인연이 이어지려니 이런 일도 다 있다. 처음 만나는 사람끼리 내가 둘의 이야기 소재가 되어 추억의 끈을 잇게 해주다니 놀라운 일이다. 보이지 않는 실이 있어 서로를 이어준다는 끈. 만나야 될 사람이면 어떻게든 만나게 되는 법이라는, 아무리 피해 가도 언젠가는 만난다는 인연설을 울릉도행 배로부터 전해왔다.

그녀와 다시 닿은 인연이다. 시절인연인 셈이다. 사람이나 일, 물건과의 만남도 그 때가 있는 법이라고 한다. 아무리 만나고 싶어도 시절인연이 무르익지 않으면 바로 옆에 두고도 만날 수가 없다는 것이다. 문득 지나간 시절인연들이 그립다. 교복 차림의 함박웃음을 짓는 그들을 보고 있는데도 울음이 고여 온다.

(2019. 5.)

예뻐도 죄가 되나요

'똑똑' 노크를 한다. 아무리 고운 빛으로 불러내어도 요지부동이자 바람을 대신 보낸 모양이다. 꽃눈이 틔기도 전에 설렘으로 안달이 나서 오가느라 나무에 반들반들한 길이 생길쯤이면 피어나는 꽃들. 해마다 심장어택은 꽃이 주는 선물이었다. 이렇게 겨울잠으로부터 늦잠을 잔적이 없다.

올해는 꽃들이 흐드러진 한복판이 되어서야 눈을 떴다. 아직도 덜 깬 새우눈에 들어온 꽃비. 살바람에 꽃잎이 하드르르 날린다. 세상이 온통 꽃 천지건만 아무 감흥이 없다. 실어증에 걸린 사람처럼 탄성을 잃어버렸다. 이상한 나의 봄이다.

사회적 거리두기에서 오는 코로나 블루 탓일까. 아름다운 풍경을 보고도 무덤덤하기는 처음이다. 그나마 얼마나 다행스러운 일인지 모른다. 사람들이 많이 몰릴까 봐 걱정인 요즘에 콧바람 쐴 생각이 없으니 말이다. 다른 때 같으면 밖에 나가고 싶어 조급증을 내고도 남았다. 설렘주의보를 건너뛴 봄날은 황새걸음을 재촉한다.

집 안에 갇혀 지내던 어느 날, 충격적인 광경을 목격했다. 넓은 밭의 유채꽃을 트랙터가 짓밟고 있는 것이다. "악!" 비명이 터졌다. 기계가 지나간 자리마다 꽃들이 쓰러진다. 샛노란 꽃이 산산조각이 난 채 흩어진다. 반나절 만에 초토화되어 황량한 들판이 되고 만다.

곳곳에서 유채꽃밭을 갈아엎는다. 또 튤립의 꽃송이가 싹둑 잘려 진다. 기계 소리에 꽃들의 신음은 소리 없는 아우성이 된다. 오지마라고 해도 몰려드는 상춘객 때문이라니. 전염병의 차단 노력이 물거품이 될까 봐 내린 조치라고 한다. 이게 무슨 날벼락인지 모르겠다. 잔인한 4월이다.

"예뻐도 죄가 되나요?" 꽃들의 항변이 들리는 듯하다. 사람들로 인해서, 사람에 의해 무참히 행해진 참수형은 예쁜 게 죄기 때문이다. 한창 피어서 자태를 뽐내지도 못하고 절명해 간 한 송이 꽃 같은 소녀를 떠올린다. 스탕달 신드롬의 유래를 만든 소녀다. 이 증후군은 뛰어난 예술작품을 접했을 때 극도의 감동에 휩싸여 잠시 정신분열을 일으키는 현상을 뜻하는 심리적 용어를 말한다.

프랑스 작가 스탕달의 마음을 빼앗은 작품은 베아트리체 첸치의 초상이다. 그림 속의 그녀는 눈동자에서 눈물이 떨어질 듯하고 살짝 미소 띤 입술은 자신에게 닥칠 비극적 결말을 담담히 받아들이는 듯 보인다. 슬픈 눈이 인상적인 이 두건의 소녀에게는 아픈 사연이 있다. 아름다움에 비해 지독히도 비극적인 일생을 살다 22세에 참수형을 당한 비운의 여인이다.

그녀는 16세기 로마 귀족인 프란체스코 첸치의 딸로 태어났다. 아버지는 엄청난 부와 영향력을 가진 교활하고 포악한 성격의 소유자다. 뛰어난 미모를 가진 딸이 불안하여 성에 가두고 키우며 14세 때 순결을 빼앗았다. 잦은 학대와 상습적인 성폭행으로 시달리다 끝내 견디지 못하고 아버지를 살해한 사건의 공범이 된다. 사실이 밝혀지면서 교황은 사형을 명했다. 교회 앞 광장에서 거행된 처형식에는 절세미인을 보기 위하여 구경꾼들이 모여들었다.

　이때 귀도 레니는 단두대로 오르기 직전의 그녀의 모습을 화폭에 담았다. 후에 그 그림을 보고 제자인 시라니가 그린 모작이 베아트리체 첸치의 초상이다. 초상화 속의 베아트리체를 보고 스탕달은 심한 증상을 느꼈다고 한다. 황홀하다 못해 심장이 격렬하게 뛰고 현기증을 일으켜 1개월간 치료를 받았을 정도니 감히 그녀의 아름다움이 가늠되질 않는다.

　아름다운 여인을 대표하는 3대 그림으로 모나리자와 진주귀걸이를 한 소녀, 베아트리체 첸치를 꼽는다. 이들의 공통점은 얼굴이 통통하고 동그스레하다. 마르고 긴 내 얼굴은 거기 근처에도 못가니 심술이 난다. "예쁜 게 죄입니다." 불뚝 꽃에게 화답을 던진다. 분명 질투에서 나온 말이다. 여자라면 미(美)를 거부할 이는 없을 테니까.

　나도 꽃처럼 피어나고 싶다. 하얀 치자꽃이고 싶다. 행여, 예뻐서 죄가 되어도 좋다.

(2020. 4.)

능소화 연서

시골길에서 어느 집의 높은 벽을 기어오르는 잎들을 보았다. 푸른 잎들이 위를 향해 앞서거니 뒤서거니 뻗어가고 있었다. 드문드문 지나는 길에서 만난 풍경이다. 차에서 곁눈질로 볼 때마다 놀랐다. 회색빛 시멘트벽을 타는 솜씨가 예사롭지 않다. 벽은 금방 초록으로 뒤덮였다. 기개로 보아 담쟁이덩굴이려니 생각했다.

밋밋하던 벽이 싱그러울 즈음, 띄엄띄엄 꽃등을 밝히기 시작했다. 하지(夏至)의 햇살이 못 견디게 뜨거웠던지 꽃잎이 비명을 지르며 벙글댔다. 향기도 없는 꽃은 단번에 휘감는 유혹이 아니다. 지나쳤다가도 다시 뒷걸음질 쳐서 보게 되는 매력이 있다. 볼수록 빠져드는 꽃이다.

활짝 핀 모습조차도, 화려함을 한껏 드러내 놓지 못하고 살짝 부끄러운 듯 보인다. 웃음 속에 울음을 머금고 있어 보이는 건 슬픈 전설 때문이려나. 악물고 참아낸 눈물을 하늘도 헤아려 한꺼번에 쏟아낼 기회를 준 것일지도 모른다. 이 꽃이 피면 장마가 진다는 말이 있다. 이리도 흐드러지게 피었으니 이제 곧 비가 올 모양이었다.

옛날 소화라는 궁녀가 왕의 성은으로 빈의 자리에 앉는다. 어찌 된 일인지 그 후로 한 번도 찾아오지 않는 임금을 애타게 기다렸다. 아무리 마음 졸여도 끝내 오지 않았다. 단 하루의 사랑으로 얻게 된 상사병을 앓다가 죽어간 비운의 여인이다.

소화는 담장 밑에 묻어달라는 유언을 남겼다. 죽어서라도 담장 밖으로 고개를 빼고 까치발을 띠어서라도 임을 보고 싶은 마음에서다. 묻힌 곳에 주홍색의 꽃이 피어나 그녀의 이름을 따 능소화라 지었다고 한다. 조금이라도 더 멀리 보려면 높게 올라야 했고 발자국 소리를 들으려 귀를 활짝 열어 놓아야 했기에 나팔을 닮았는가 보다.

능소화는 질 때의 초라함을 보이기 싫어 시드는 모습을 보이지 않는다. 고인 눈물이 뚝 떨어지듯 꽃송이를 통째로 떨어트린다. 절정으로 빛날 때 송두리째 낙화를 한다. 지는 모습이, 애달픈 사랑을 품은 것도 동백과 닮았다. 바닥에 떨어져 지면서까지 웃는 도도함이다. 그래서 보는 이가 더 애잔하다.

1998년 4월에 안동의 택지개발현장에서 400년 된 조선시대의 미라가 발견되었다. 그 무덤에서 젊은 아내의 애절한 편지가 함께 나왔다. 원래 상태를 유지하고 있는 게 신기할 정도였다. 죽은 남자의 시신도 썩지 않고 한지에 쓴 편지도 변하지 않았다. 원이 아버지로 시작되는 서두로 보아 편지를 쓴 사람은 이름 대신 원이 엄마로 알려졌다. 꿈속에서라도 다시 보고 싶은 죽은 남편에 대한 절절한 그리움이 담겨있다. 그가 사무쳐서 쓴 애틋한 사랑의 편지였다.

한 소설가의 능소화라는 작품은 원이 엄마의 편지를 보고 영감을 얻었다고 한다. 어여쁜 여인이 꽃이 되어 임을 기다리며 담 너머를 굽어본다는 전설의 소화를 떠올렸다는 것이다. 이렇듯 기다림의 꽃인데다 가석한 사랑이 일치한 셈이다. 작가는 죽어서도 잊거나 이기지 못할 슬픔을 시들지 않고 떨어지는 꽃에 비유하여 표현하고 싶었다고 했다.

후득후득 빗소리를 듣는다. 비에 시르죽던 나무는 생기가 돌고 까부라져 몸을 누이던 낮은 풀들이 고개를 꼿꼿이 세운다. 가뭄에 단비건만 반갑지만은 않다. 여리여리한 꽃에겐 무시로 쏟아지는 빗줄기가 버거울 터이다. 겨울의 동백꽃이야 서서히 눈의 무게를 늘려 그래도 견딘다지만 어찌 견뎌낼 수 있을지.

손만 닿아도 속절없이 떨어지는 꽃. 능소화가 시공을 건너 와 아슴아슴 비친다. 폭우가 잔인한 칼날이 되어 땅바닥에 나뒹군다. 주홍빛 일몰이다. "남들도 우리처럼 서로 어여삐 여기고 사랑할까요?" 못다 쓴 연서(戀書)가 비를 맞는다. 먼 그리움도 비에 젖는다.

(2020. 7.)

내 안에 숲

  농막이 초록에 파묻힌다. 사방에 심겨진 층층나무가 여름엔 온통 신록으로 뒤덮는다. 밖에서 보면 우거진 숲이다. 숲으로 들어서면 깜찍한 비밀의 성 같은 우리 부부의 아지트가 나온다. 없어서는 안 될 쉼의 장소다. 치열한 일터에서 시달리다 주말에 여기에 오면 숨이 트인다. 도돌이표를 달리다 쉼표를 찍는다. 나도 푸른빛에 숨는다. 빈 숲이 되어서야 앙상한 가지 사이로 모습을 드러내는 수현재다.

  숲은 나무 혼자서는 도저히 보여줄 수 없는 풀빛 물결이다. 바람이 불면 모두가 한쪽으로 몸을 뉘어 파도를 만들어낸다. 숲이 되기까지 오랜 시간이 걸린다. 나무와 나무가 서로 어우러져 부추기며 부대끼면서 견뎌야 한다. 고요한 듯 보이지만 저마다 어울려 수런거린다. 여기에선 바람도 그 소리에 귀를 기울이느라 숨을 멈춘다.

  이 숲에서 내안에 숲을 보았다. 벽기둥이 가는 곳마다 길을 막아섰던 무채색의 시간이었다. 햇빛도 바람도 넘나들지 못하는 벽. 거기서 희망이 죽었다. 앞으로의 부푼 기대가 사라졌다. 허허한 황무지가 된 나를 경제적 압박감이 사정없이 조여 올 때마다 높아져만 가는 아득한 벽이었다. 하루는 미움이, 다음날은 원망으로 또 후회가 벽에 부딪혀 형해(形骸)로 쓰러졌다.

어느새 막막한 옥에 갇히었다. 높이 치솟은 벽은 탈출을 감히 꿈조차 꾸지 못했다. 더디게 가는 시간이 한없이 미움의 늪으로 흘러갔다. 빠져나오려 발버둥 치면 칠수록 더 깊이 빠져드는 펄. 진흙을 뒤집어써 진창이 된 내가 무엇인들 온전했겠는가.

이럴 때 나를 이끈 숲이 수현재다. 그이가 7년을 가꾼 나무가 울창한 숲으로 터를 잡았다. 빈 시간을 여기서 보내며 나무와 마주하는 횟수가 잦아졌다. 둥친 가지에서 빨간 수액이 주르르 흐른다. 내 눈에는 피를 흘리며 아파하는 모습으로 비춰진다.

나무라고 왜 아픔이 없을까. 땅내를 맡아 순화(馴化)하기까지 살을 에는 몸살을 앓는다. 생명이 다할 때까지 불평하지 않고 한자리를 지키는 저들이다. 자신이 뿌리내린 곳이 돌밭이든 진흙 속이든 자신의 위치에서 있는 그대로를 받아들인다. 순명의 생을 사는 나무는 미움도, 원망도 거부하지 말고 허락하라는 메시지를 주고 있다. 그래야 자신이 보인다고.

30년이란 세월을 그이와 같이 보낸 지금에서야 보게 된 숲. 내 앞을 막아서던 벽기둥이 희노애락으로 얽혀 살아가는 사람들의 삶임을 본다. 그래저래 살아가는 세상이었다. 꼭 행복한 사람만 있는 게 아니었다. 나보다 더 아프고 힘든 사람도 씩씩하게 살아가는 세상 숲이었다.

나무가 여름에 주는 그늘을 위해 엄청난 낙엽을 치우는 일을 감수한다는 그이다. 혜택을 누렸으면 불편함은 수긍해야 한다는 긍정적인 사람이다. 긍정의 힘이 좋은 기운을 불러온 것일까. 그이는 지금 인생의 전성기다. 가장 열심히, 활발하게 살고 있다. 그 덕분에 옆에 있는 나도 따라 목하 행복으로 충만해져 간다.

그이는 나를 지켜본 사람이다. 자신의 처지로 하여 힘들어하는 모습을 바라만 보아야 하는 마음이 어떠했을지 이제야 만져진다. 잘 견뎌낸 우리가 대견하다. 현재 찾아온 여유로운 일상을 누릴 자격이 충분하다.

"거봐. 참고 기다리니까 좋은 날이 오는 거지. 포기하고 도망갔으면 이런 날이 어떻게 오겠어."

"그러게 말야. 가려다 내가 주저앉길 잘했지."

밉살스런 그이가 지금은 사랑옵다. 이런 말을 웃으며 하는 날이 오다니 감격무지하다.

둘의 대화를 듣느라 바람이 가만가만 숨을 죽인다. 소소히 쏟아지는 햇빛이 잎 사이로 숨어들어 둘의 얼굴을 환하게 밝히고 있다.

(2021. 6.)

사막여우의 꿈

온 천지가 사막이다. 아무리 둘러보아도 끝없는 모래언덕이 펼쳐져 있다. 모래 위의 물결 모양만이 바람이 지나갔음을 알려준다. 풀도 나무도 찾아볼 수 없는 사막이 삭막하여 숨이 막힌다. 데일 것만 같은 태양을 피해 굴을 파고 들어간다. 그 안에 갇혀 있으니 예민해져 소리에 귀를 바짝 세우고 있다.

사막에 폭풍이 모래바람을 일으키고 사라졌다. 그 뒤에 들려오는 소식들이 흉흉하다. 곳곳에서 미친 늑대들이 출몰하여 엄한 이들을 물어뜯는다고 한다. 사나운 이빨을 드러내고 긴 발톱을 날카롭게 세워 아무나 공격한다는 것이다. 전혀 모르는 사이일지라도, 원한이 없는 관계라 하더라도 닥치는 대로 흉기를 휘두르고 있다. 평화롭던 거리가 공포로 떨고 있다. 밖에 나가기가 무서워 거리도 한산하기만 하다.

오늘도 악마의 소식이 들려온다. 얼마 전 가슴을 쓸어내렸던 순간들이 채 진정이 되지 않았건만 또 들린다. 이유 없이 사람을 해치는 미친 늑대들이 기승을 부리는 요즘. 세상이 어수선하여 나는 자꾸만 굴속으로 숨는다. 혹시나 사막에서 달려드는 늑대를 만나면 도망가는 게 최선이다. 거기를 빨리 벗어나는 게 상책이다. 이빨을 드러낸 뒤에는 누구든 물어서 상처를 내야만 광란을 멈추기 때문이다.

가만히 들여다보면 그들은 외로운 외톨이들이다. 외로움은 열등감과 함께 영혼을 갉아먹는 부정적인 감정으로 하루에 담배 15개비를 피운 것만큼 건강에도 해롭다고 한다. 그들은 친구가 없고 가족도 소홀하여 마음을 터놓을 상대가 없다. 홀로 보내는 긴 시간이 더 깊은 수렁으로 빠지게 한다. 은둔형 외톨이는 어느 순간 폭력성으로 폭발하는 것이다.

이들에게는 공통분모가 있다. 남들은 다 잘살고 있는데 자신만 불행하다고 생각한다. 상대적 박탈감에 빠져 자신의 처지를 다른 사람이나 사회의 탓으로 돌려 불만과 증오를 키운다. 내가 세상에서 가장 불쌍하다는 피해의식이 사회에 대한 분노로 표출되는 것이다.

일본에서는 아베 총리 살해사건의 거리 악마를 두고 외로움을 넘어선 폐색감이라 정의했다. 사방이 꽉 막혀있어 답답한 상태로 아무것도 할 수 없이 무력하다고 느끼는 감정을 말한다. 나는 이제 안된다는 막다른 생각이 사회에 충격을 주는 범죄를 일으킨다. 우리의 외톨이들의 외로움을 방관한다면 폐색감으로 변이되어 더 커다란 공포가 될 것이다.

언제부터 세상이 이렇게 삭막했던가. 왜 이토록 극으로 치닫는지 안타깝다. 모두가 부모인 우리 탓이다. 그렇게 키운 죄다. 가족이라는 울타리를 제대로 반듯하게 가꾸었다면, 그 안에서 사랑을 넉넉히 주었다면 저렇게 악마는 되지 않았을 것이다. 잘못된 것을 고쳐주고 안되는 것은 안 된다고 가르쳐주지 못한 어른들의 책임이다.

마더 테레사는 외로움이란 가장 끔찍한 가난이라고 말했다. 거리의 악마가 되기 전에 그늘에 갇힌 그들을 밖으로 유혹해야 한다. 물질문명과 무한경쟁에 잊힌 인간의 도리와 인성을 되살리는 일을 서둘러야 할 때다. 남들만 행복한 게 아니고 함께 행복한 세상을 만들어 갈 수 있는 희망을 품게 해야 한다. 그러면 외로움이 고독으로 승화하는 신비로운 순간을 알게 되리라. 혼자 있는 고통이 혼자 있는 즐거움으로의 우화(羽化)를 경험하게 될 테니까.

숨이 턱 막히는 날씨에 예고 없는 여우비가 쏟아진다. 가뭄에 말라버린 강바닥 같은 외톨이들의 감성을 촉촉하게 적셔주었으면 하는 마음이다. 비가 그치면 맑은 하늘에 무지개가 선명하게 피어오르는 꿈을 꾼다. 이제 나도 굴속에서 나와 고운 무지개를 보아야겠다.

(2023. 8)

그 처음처럼

아들이 떠났다. 내게서 바람 소리가 났다. 폭풍은 귓전을 스쳐 가슴속을 관통하고 지난다. 휑하니 지나간 자리가 텅 빈다. 폐허처럼 스산하다. 담담하게 보낼 줄 알았는데 집착을 다 내려놓기에는 역부족이었나 보다. 다 큰 자식이어도 여전히 마음이 따라간다. 조금씩 더 멀리 떠날 때마다 언제나 바람이 일었다. 흔들리지 않으려 버티었는데 휘청인다. 어미로서 여물기엔 아직 멀어서인지 이 나이에 성장통이 찾아온다.

비상(飛上)을 위한 날갯짓임을 왜 모르랴. 쓸데없이 걱정을 사서 한다고 나무라는 그이가 밉다. 이런 나를 병이고 주책이라고 하는 그이가 야속하다. 나를 다독여주지 않는 서운함이 울컥 울음으로 넘어온다. 떨어져 있는 거리감만으로도 이렇게 허전한데 남자라서 단순한 건지. '당신은 속도 편해서 참 좋겠다' 혼잣말로 쏘아붙인다.

차로 두 시간이면 올 거리에서도 자주 보지 못했다. 집에 일 년이면 서너 번 왔었지만 타국이라는 거리감만으로도 아득해져 온다.

비행기로 13시간을 날아가야 닿는 그곳은 여기와는 정반대의 시간을 산다. 하루를 시작할 때면 거기는 노을이 지는 시간이다. 아침에 일어나서 "오늘은 어떻게 지냈니?" 일상을 물어본다. 헷갈릴 때가 많다. 시간이 흘러 향수병을 앓기도 전에 내가 먼저 아들을 향한 그리움으로 앓을 것 같다.

아들이 대면한 이 낯섦은 처음이 아닌 셈이다. 집을 떠나기 시작한 고등학교도, 서울로 간 대학교 때도, 전혀 모르는 사람들끼리 동료가 된 군대가 그랬을 것이다. 고등학생이 되어 한 말이 자신보다 더 대단한 녀석들만 수두룩하다고 했다. 대학생이 되고는 사람이 아니라 컴퓨터 같은 녀석들이라고 했다. 그런 소굴에서 살아남으려 발버둥 쳤음을 보지 않고도 알 수 있다. 박사학위를 딴 후에 죽기 살기로 했노라는 말이 가슴에 박혀 잊히지 않는다. 그것을 알기에 다시 그 길을 걸어야 하는 아들이 짠하다.

바라보는 것만으로도 미소가 지어지는 아들이다. 지금껏 흐트러지지 않고 잘 견뎌 주어 대견하다. 한 번도 속상하게 하거나 실망을 준 적이 없다. 아마도 어미에게 부려본 응석이었는지도 모르겠다. 엄살을 떨고 싶었던 건 아닌지. 행여 멀리서 전화로 투정을 부려오면 어자어자 다 받아주리라.

아들은 새로운 세상을 찍어 보낸다. 밥 먹기 전에 식단을 전하고 한국인이 운영하는 한국마트도 담아 보낸다. 김치를 샀는데 너무 비싸다고 툴퉁거린다. 잘하고 있으니 걱정하지 말라는 암시다. 내가 알게 모르게 신경을 쓰게 만들었나 보다. 주객전도가 된 나의 성장통이 욱신거린다.

지금까지와는 많이 다른 세계다. 언어도, 문화도 생소한 미지의 땅에서 만난 새로운 삶이 얼마나 떨릴까. 출발의 준비가 필요한 곳에서의 막막함은 또 얼마나 클까. 접하는 것들이 어색하고 낯설어 두렵기도 하고 마음은 긴장으로 날이 서 있을 게 뻔하다.

'처음' 생각만으로도 설렌다. 앞으로의 기대가 생기면서 두려움도 따라온다. 더욱이 이 말 앞에 나쁜 마음을 가지는 사람은 없다. 누구나 좋은 생각을 하게 만드는 신선한 말이다. 나태했던 자신을 부추기고 반성하며 더 성실할 것을 다짐한다. 한 뼘 더 큰 나를 꿈꾸는 마법 같은 단어다. 또 다시 날아오르는 아들을 위해 놓았던 염주를 꺼내든다. 내 손에서 108개의 염주알이 천천히 구르고 있다.

꽃등, 스스로 알을 깨고 나오는 새처럼, 막 밖으로 나온 아기처럼, 그 처음처럼, 첫발을 떼어놓는 아들. 바람이 불어와도 주저하지 말고, 비가 온다고 머뭇거리지 말고 가라. 무소의 뿔처럼 혼자서 가라.

(2022. 9.)

나무가 사는 법

한 번이라도 가본 사람은 안다. 아름답고 신비한 제주의 숲에 반하지 않고는 못 배긴다는 것을. 원시 그대로의 모습을 보여주는 자연 앞에 숙연해짐을. 숲에 가면 초록의 기운이 온몸에 배어온다. 잔잔하게 스며드는 여유는 내 안의 조급함을 밀어낸다. 억세게 부대낀 하루가 차분해지고 마음의 소요도 가라앉는다. 오직 한길로 기도는 흐른다.

11월의 바람이 차다. 춥다고 산에 가는 일을 그만둘 수가 없다. 처음에는 그이가 아파 건강을 이유로 시작한 운동이지만 지금은 즐기면서 하고 있다. 오늘도 숨이 차도록 힘든 순간을 멋진 풍경이 보상한다. 그래서 새로운 산을 갈 때면 기대를 하게 된다. 무엇을 보여줄지 궁금증이 생긴다.

하루라도 거르면 서운하다. 그토록 숲이 좋다. 산을 오르는 힘듦보다는 내가 얻고 오는 위로가 더 크다. 바위와 나무가 서로 어우르며 살아가는 숲. 척박한 환경을 거부하지 않고 순순히 받아들이는 나무. 뿌리가 문어발이 되어 다 드러나 있는 모습은 살아남는 일이 얼마나 인고였는지 말해준다. 저마다의 방식으로 살아가는 나무에 경의를 표하게 되는 것이다.

나무들은 자신을 타고 오르는 덩굴식물과 함께 살아간다. 가지와 가지가 뒤틀리고 구부러진 원시의 모습에서 긴 세월을 견딘 생명력을 엿본다. 나무라지도, 원망하지도 않고 초연한 듯 보인다. 모든 고통을 다 이겨낸 도통한 얼굴이다. 나무가 품은 시간 앞에 나도 모르게 합장을 한다. 숲에서 만난 성자다.

유독 제주에는 덩굴식물들이 많다. 소나무를 휘감아 타는 담쟁이 덩굴은 흔하게 볼 수 있다. 그중에서도 왕성한 세를 과시하는 덩굴이 눈에 거슬린다. 나무의 영양분을 빼앗아 사는 기생식물이 얄밉다. 기어코 살아남지 못해 고사한 나무도 보인다. 밑동아리를 잘라버리고 싶은 충동을 눌러 참는다.

기생 식물 중 담쟁이덩굴은 지지대 대상을 잘 선택해야 한다. 소나무를 기생으로 삼은 덩굴만이 대우를 받기 때문이다. 나무의 피톤치드와 송진을 영양분으로 먹고 자라 굵어지면 송담이라는 귀한 몸이 된다. 소나무로서는 귀찮은 존재겠지만 사람들은 약재로서 환대한다. 겨울이면 송담을 채취하려 산을 헤집고 다니는 약초꾼들을 종종 만난다.

초겨울, 분명 잎을 다 떨굴 시기건만 산딸나무가 초록빛이다. 덩굴성 줄기가 타고 올라가 나무와 한 몸이 되어 있다. 잎의 겨드랑이 사이에서 뾰조롬히 내민 붉은 열매가 꽃처럼 예쁘다. 칙칙한 나무에 초록의 옷을 입히고 빨간 구슬을 단 나무의 정체를 가만히 살핀다. 마치 제 몸인 양 제대로 터를 잡았다. 기세도 당당히 주인행세다. 이 염치없는 녀석은 줄사철나무다.

사계절 푸르다고 하여 붙여진 이름에 줄이라는 접두어가 붙어 생긴 것이다. 줄은 줄기에 뿌리를 내려 덩굴처럼 자란다는 말이다. 앙상한 가지에 화려한 변신이다. 잎이 무성할 때는 눈에 띄지 않다가 산딸나무가 죽은 듯이 보일 때서야 주인공으로 나선다.

줄사철나무가 산딸나무를 기생으로 삼은 건 탁월한 선택이다. 앙상한 나무가 보내는 묵언의 겨울에 새 생명력을 불어넣어 주고 있다. 사철 푸른 나무를 택했다면 그처럼 빛나지 않았을 것이다. 오롯이 자신의 모습을 드러낸 지금, 칙칙한 나무가 새틋하다. 나목으로서의 설움을 알기에 산딸나무도 제 몸을 기꺼이 내주었으리라. 분명 둘은 기생이 아닌 공생의 관계이리라.

(2023. 11.)

별빛 스러진 강

이른 시간에 전화벨이 울렸다. 새벽 4시다. 다급한 일이 일어났음을 직감한다. 불안한 마음을 졸이며 그이의 전화에 귀를 바짝 세운다. 한동안 큰 시누이의 흐느낌이 들려오고 작은 조카의 사망 소식을 알렸다. 갑작스러운 비보에 한동안 멍했다. 제주에서 서둘러 육지로 갔다.

아들만 둘로 작은아들이 자폐 스펙트럼 장애였다. 어려서는 집에서 엄마가 돌보았지만 크면서 산만하고 폭력성까지 있어 제어할 수가 없었다. 피치 못해 시설로 보냈다. 한 곳에서 오래 버티지 못하고 이리저리 옮겨 다녀야 했다. 끝내는 받아주는 곳이 없었다.

작은 조카는 시누이의 아프디 아픈 손가락이다. 눈에 보이지 않아도 늘 욱신거리는 통증이었다. 보낼 곳을 찾느라 집에서 두 달을 데리고 있는 동안 시누이와 시매부는 병이 났고 큰 조카는 직장에 지장이 생겼다. 도저히 감당하지 못해 마지막 보루인 정신병원에 보냈다. 그렇게 시누이는 평생 내내 가슴을 앓았다. 눈물로 보낸 세월이었다.

거기서 일 년을 보냈다. 42살의 젊은 나이에 생의 마감이 안타깝
고 애처롭다. 가족과 본인의 삶이 어디 제대로의 삶이었으랴. 다섯
손가락을 깨물어 안 아픈 손가락은 없다지만 얼마나 더 아픈 손가락
이었을까. 나는 안다. 시누이가 건강하게 태어나게 해주지 못했다
는 죄책감으로 무던히 담금질했음을.

남편 잃은 아내를 과부라고 부른다. 또 아내를 잃은 남편은 홀아
비이고 부모를 잃은 자식은 고아다. 하지만 자식을 잃은 부모를 일
컫는 말은 어디에도 없다. 너무도 슬픈 감정이라 말로 표현할 단어
가 없어서 신조차 만들어 내지 못했다고 한다. 부모가 죽으면 산에
묻고 자식이 죽으면 가슴에 묻는다고 했던가. 단장지애(斷腸之哀).
오죽하면 창자가 끊어질 듯한 슬픔이라고 했을까.

동진의 군주 환온이 양자강을 거슬러 올라갈 때였다. 어떤 병사
가 별생각 없이 새끼원숭이 한 마리를 잡아 배에 태웠다. 어미 원숭
이는 슬피 울며 쫓아왔다. 기어코 백 리를 더 가서 배가 강기슭에
닿았을 때 어미는 배에 오를 수 있었다. 그러나 너무 지친 나머지
그 자리에서 죽고 말았다. 어미 원숭이가 죽은 이유를 이상하게 여
긴 병사가 배를 갈라보았다고 한다. 너무나 애통했던 나머지 창자가
모두 토막토막 끊어져 있었다는 데서 유래된 것이다. 자식을 잃은
부모의 슬픔의 깊이를 짐작하게 하는 말이다.

육지에서 제주로 건너오면 나는 이방인이 된다. 모든 게 낯설고

신기하다. 제주도의 밤바다엔 수많은 별이 뜬다. 수평선을 수놓은 찬란한 불빛을 처음 보았을 때 예뻐서 탄성을 질렀다. 어선에서 물고기를 유인하기 위해 밝히는 불빛임을 알았다. 이 등은 집어등(集魚燈)이다. 생업을 위해 어부들이 켠 등임을 알고부터 등명(燈明)으로 보인다. 어질한 황홀은 기도로 바뀐다.

새벽녘 잠에서 깼다. 커튼을 올리니 하늘이 들어온다. 하현달 아래 바투 붙어 샛별이 반짝이고 있다. 달을 졸졸대는 샛별은 볼 때마다 엄마를 붙어 다니는 아기 같아 안쓰럽고 애틋하다. 샛별에 아들의 모습이 겹친다. 흐린 날에도 마음에 뜨는 별이다. 작은 조카 생각에 짠하다. "부디 좋은 곳에서 아프지 않고, 자유롭고 새로운 세상에서 영면하길."

시누이가 바라다보았을 마음이 아팠던 샛별은 사그라졌다. 참척(慘慽). 깊은 상실의 고통은 유리 조각에 찔리는 통증에 비하랴. 그녀의 심연에 슬픔이 길을 내어 강으로 흐른다. 별빛이 스러진 강에선 우렁우렁 울음소리를 낸다. 바람이 세차게 부는 날이면 거센 파도가 날카로운 비늘을 고추 세워 달려들고 있다. 나는 안타까운 숙명 앞에 눈을 꼭 감는다. 부디 시간의 힘이 이 바람을 잠재우기를 빌어보는 것이다.

(2024. 2.)

꽃 피워봐

장마가 끝이 났다. 그 뒤를 폭염과 열대야가 잇는다. 오늘도 최고 35℃를 예고하고 있다. 경보문자로 하루에도 몇 번씩 핸드폰이 울린다. 야외 활동을 자제하고 물을 마시며 그늘에서 휴식을 취하라는 당부의 메시지다. 무더위에 만나는 사람마다 날씨 인사를 빠트리지 않는다. 더워서 못 살겠다는 사람들뿐이다.

올해처럼 에어컨을 자주 돌린 해가 없다. 일 년에 몇 번이나 돌릴까 말까 한 전시품이었는데 제대로 역할을 하기는 산후로 처음이다. 밤에도 켜야만 잠을 잔다. 유난히 더워서일까. 아니면 나이가 들면서 더 참을성이 없어진 것인지. 집안에서도 덥다고 성화다.

땡볕에 농막의 농작물들도 늘어진 채 까부라진다. 억세던 풀들도 다 시들시들하건만 기세등등한 나무는 목수국뿐이다. 키는 날로 크고 꽃송이도 한껏 부푼다. 꽃으로 환하다. 칙칙한 농막을 밝히는 꽃에서 홀홀히 사막의 선인장이 그려진다. 삭막한 환경에서도 사람처럼 손을 벌리고 서 있는 모습이 목수국처럼 의연해서다.

뜨거운 태양 아래 메마른 땅에서도 꿋꿋한 생명이 문득 생각났다. 웅장한 자태로 자연의 예술작품이 되어 사막의 풍경을 장식하는 사구아로 선인장은 사막의 거인이다. 최대 20미터까지 자라며 수백 년을 사는 장수 식물이다. 이곳에서 오래 살아남을 수 있는 건 놀라운 생존전략을 가지고 있기 때문이다.

사구아로 선인장은 줄기가 굵고 가시가 돋아있다. 줄기는 해면 조직으로 이루어져 있어 수분을 저장하는 거대한 물통 역할을 한다. 깊은 뿌리는 넓게 퍼져 있어 어쩌다 비라도 내리면 놓칠세라 수분을 잘 저장한다. 가시는 햇빛으로부터 줄기를 보호하고 햇빛을 반사시켜 체내 온도 상승을 막는다. 또한 동물로부터 자신을 보호하는 중요한 역할을 담당한다.

선인장은 광합성을 통해 에너지를 얻는다. CAM 광합성 방식이다. 여기에는 건조한 환경에 적응하는 은밀한 비밀이 있다. 일반 식물과 다르게 밤에 기공을 열어 이산화탄소를 흡수하여 저장해놓았다가 낮에 햇빛을 이용하여 광합성을 한다. 낮에는 기공을 닫아 수분 손실을 최소화한다. 물을 관리하는 달인이다. 뜨거운 태양에 살아남기 위한 이들의 지혜가 놀랍다.

선인장은 200년을 살아간다. 보통 75살에 겨우 팔 하나 뻗지만 죽을 때까지 가지가 자라나지 않는 것도 있다. 가지가 자라나면 오직 끄트머리에 황홀한 꽃을 피워낸다. 해가 진 이후에 제대로 피어나 오후 중반에 닫힌다. 밤에 꽃을 피우며 꽃가루가 성숙하고 꿀이 많다. 땅 위의 높이에서 밤에 향기를 풍기는 꽃은 박쥐의 무게를 견딜 수 있도록 튼튼하다.

뿌리를 내리기 시작하면 1년에 6mm 자란다. 30년이 되어야 첫 꽃을 피우고 고작 일 년에 딱 하루만 하얗게 아름다운 꽃을 피우는 사구아로 선인장. 이 삭막한 사막에서 오랜 시간을 인내하여 온 힘을 다해 화려한 꽃을 피우는 이유는 사랑을 위해서다. 사랑을 이루고 싶은 몸부림은 박쥐가 금방 찾아낼 수 있도록 화려한 색과 향기로 핀다.

이스라엘 부모님들은 사랑하는 자녀에게 사브라라고 부른다고 한다. 사브라는 선인장 꽃의 열매 이름이다. 사막의 혹독한 환경에서 꽃을 피우고 열매를 맺는 강인한 모습으로 성장하라는 뜻을 담고 있다. 이렇게 기죽어있고 처져있는 지금의 나를 보고 엄마는 분명 이런 말을 했을 것이다.

"사브라, 꽃 피워봐. 여름날의 수국처럼, 사막의 선인장처럼 싱싱하게 꽃 피워봐."

(2024. 8.)

이 재 정 수 필 집

사막여우의 꿈